불의 날개와
WINGS OF FIRE
희망의 불꽃

～제15부～

투이 T. 서덜랜드 지음

투이 T. 서덜랜드는 〈뉴욕타임스〉와 〈USA 투데이〉의 베스트셀러인 〈불의 날개〉 시리즈,
〈동물원〉 삼 부작, 〈펫 트러블〉 시리즈의 작가이다. 〈전사들〉 시리즈로 우리나라에도
널리 알려진 에린 헌터의 팀원으로 베스트셀러 〈영혼의 동물을 찾아나서다〉 시리즈에
참여하기도 했다. 멋진 남편과 훌륭한 두 아들, 인내심이 매우 강한 개 두 마리와 함께
매사추세츠주에서 산다. 투이의 책에 관한 더 많은 정보는 tuibooks.com에서 만나
볼 수 있다.

강동혁 옮김

서울대학교에서 사회학과 영문학을 전공하고, 동대학원에서 영문학 석사 학위를 받았다.
독자들에게 사랑받고 새로운 생각거리를 제공해 주는 책을 쓰거나 소개하겠다는
목표로 활동 중이다. 우리말로 옮긴 책으로는 〈해리포터(개정판)〉 시리즈, 《어린이 첫
투자 수업》《더 원》《우연 제작자들》 등이 있다.

정은규 그림

상명대학교 만화과를 졸업하고 일러스트와 캘리그라피 작업을 하고 있다. 그림을 그린
책으로는 《구덩이》《슬럼독 밀리어네어 Q & A》《위대한 슈라라봉》《더 스크랩》《달의
뒷면》 등이 있다.

불의 날개와
WINGS OF FIRE
희망의 불꽃

~제15부~

투이 T. 서덜랜드 지음 | 강동혁 옮김 | 정은규 그림

김영사

WINGS OF FIRE #15: THE FLAMES OF HOPE

Copyright © 2022 Tui T. Sutherland

All rights reserved.

Map and Border design © 2018 by Mike Schley

Dragon illustrations © 2022 by Joy Ang

Korean translation copyright © 2024 by Gimm-Young Publishers, Inc.

This Korean edition was published by Gimm-Young Publishers,

Inc. in 2024 by arrangement with Tui T. Sutherland c/o Writers House LLC

through KCC(Korea Copyright Center Inc.), Seoul.

이 책은 (주)한국저작권센터(KCC)를 통한 저작권자와의 독점계약으로 (주)김영사에서
출간되었습니다. 저작권법에 의해 한국 내에서 보호를 받는 저작물이므로 무단전재와
복제를 금합니다.

"용에 대해 어떻게 생각해?"라는 질문으로,
이 모든 일이 일어나게 해 준 스티브 몰크,
너무나 고마워!

그리고 선샤인,
내 귀염둥이, 언제까지나 사랑해!

체체 벌집

막정벌레 호수

비니거룬
벌집

호넷 벌집

시케이다 벌집

만티스
벌집

판탈라 대륙

체체 벌집

판탈라의

시케이다 벌집

만티스
벌집

벌집날개

생김새: 빨간색, 노란색, 주황색이거나 이중 몇 가지 색깔이 섞여 있으며 어떤 색이든 검은 비늘이 일부 섞여 있다. 날개는 네 개이다.

능력: 용마다 다르다. 적을 찌를 수 있는 앞발목의 치명적인 독침, 이빨이나 발톱의 독, 사냥감을 움직이지 못하게 만드는 마비 독, 꼬리 가시에서 뿜어 나오는 끓는 듯한 산성 액체 등이 있다.

여왕: 와스프 여왕

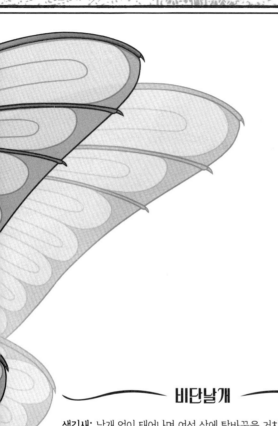

비단날개

생김새: 날개 없이 태어나며 여섯 살에 탈바꿈을 거치면 네 개의 거대한 날개와 비단실을 잣는 능력을 갖춘다. 나비처럼 아름답고 온순하며 햇빛을 받으면 비늘에서 검은색을 제외한 모든 색이 빛난다.

능력: 앞발목 분비샘에서 비단실을 자아 그물 등의 직물을 만들 수 있다. 더듬이로 진동을 감지해 위험을 파악할 수 있다.

여왕: 와스프 여왕(나무 전쟁 이전의 마지막 비단날개 여왕은 모니크 여왕이었다)

잎날개

생김새: 나무 전쟁 당시 벌집날개들에게 완전히 쓸려 나갔으나 살아 있을 당시에는 녹색과 갈색의 비늘, 나뭇잎처럼 생긴 날개를 가지고 있었다.

능력: 빛에서 에너지를 흡수할 수 있으며 정원을 가꾸는 능력이 뛰어나다. 일부는 식물에 대한 비범한 통제 능력을 가지고 있었다는 소문이 있다.

여왕: 마지막 잎날개 여왕은 약 50년 전 나무 전쟁 당시의 세쿼이아 여왕이다.

전갈 호수

잃어버린 대륙 예언

너의 눈을, 너의 날개를, 너의 불길을
바다 건너 땅으로 돌려라.
용들이 중독되어 죽어 가는 곳.
누구도 자유로울 수 없는 곳으로.

그들의 알에 비밀이 도사리고 있다.
그들의 책에 비밀이 숨어 있다.
깊은 곳에 묻힌 비밀이
들여다볼 용기 있는 자들을 구원하리라.

마음을, 생각을, 날개를 펼쳐
벌집에서 도망친 용들을 받아들여라.
단합된 발톱으로 크나큰 악과 마주하지 않으면
어떤 부족도 살아남지 못하리니.

~14~

루나는 눈을 떴다.

루나는 산비탈에 서 있었다. 화창한 낮이었고 주변은 소나무로 둘러싸여 있었다…….

뭐지?

눈을 깜빡였지만, 소나무는 계속 그 자리에 있었다. 루나는 앞발을 들어 올렸다. 자기 발 같았다. 자신으로 느껴졌다. 사악한 덩굴에 빠져 죽어 가는 기분은 아니었다.

이게 사악한 덩굴이 보여 주는 환각일까?

끔찍할 만큼 현실적으로 느껴졌다.

이게 환각이라면, 왜 이런 걸 보여 주는 거지?

잠시 루나는 나무를 바라보았지만, 나무에게 불길한 의도는 없어 보였다. 나무는 의심스러운 것과는 정반대로 부드럽게 살랑거렸다. 나무의 기운 전체가 '아니, 네 뇌를 먹는 데는 아무 관심 없어'라는 생각을 뿜었다.

뭔가 루나의 발 위에 앉아 있었다.

루나는 힐끗 아래를 보았다. 더스키였다. 하지만 녀석은 눈을 꼭 감고 있었으며 앞다리와 꼬리로는 루나의 다리를 꽉 죄고 있었다. 너무 작았다. 대부분의 두 살짜리 새끼 용보다 작았다.

"혹시 여기가 어딘지 알아?"

루나가 더스키에게 물었다.

더스키는 말없이 고개를 저었다. 눈을 뜨고 **보면** 추측이 더 쉬워질 거라고 지적해 줄까 생각했지만, 더스키는 이미 큰 스트레스를 받고 있었다.

게다가 확실히 이곳은 그들이 아는 판탈라와 달랐다.

판탈라보다 루나가 파이리아에서 봤던 용 정착지와 비슷했다. 생추어리라 불리는 곳, 이곳과 비슷하게 소나무 숲으로 둘러싸인 곳. 다만 이곳에는 어디를 둘러봐도 용이 한 마리도 없었다.

루나는 나무 너머로 전망대를 발견했다. 더스키를 데리고 그리로 어슬렁어슬렁 다가갔다. 어렵지 않았다. 더스키는 기껏해야 솔방울 무게밖에 안 되는 듯했다.

그들은 발아래 땅을 내려다보았다.

루나는 덩굴에 목이 졸린 대륙을 보게 될 거라 생각했다. 여기서부터 지평선까지 악의 숨결이 뻗어 있는 걸 보게 될 줄 알았다. 정신을 잃고 몇 년이나 정신 통제를 당해 왔으며, 지금은 식물이 승리를 거둬 모든 것을 차지한 미래라 해도 놀라지 않았을 것이다.

하지만 눈에 들어온 것은 훨씬 더 신비로운 모습이었다.

발아래 풍경은…… 이상하게 정돈되어 있었다. 정사각형과 직사각형과 타원으로 구획되어 있었고, 길고 평평한 선이 식물들 사이로 이어졌다. 수많은 구역에 정육면체 구조물이 들어서 있었다. 정교한 지붕을 얹은 거대한 상자이거나 그보다 높은 탑처럼 생긴 것들이었다.

벌집 같네.

루나는 시장일지도 모르는 탁 트인 광장 주변의 지붕들을 보고 생각했다.

모든 층이 차곡차곡 쌓여 있는 게 아니라 서로 옆에 붙는 형태로 뻗어 있어.

루나가 보기에 몇몇 구역은 먹는 식물을 키우는 곳이었다.

벌집의 온실과 비슷했지만, 하늘을 향해 트여 있고 훨씬 더 컸다. 그런 구역은 바깥쪽으로 테두리를 이루며 배치된 것으로 보였다. 안쪽 구역은 정육면체와 탑, 계단이 달린 사원과 돌로 포장한 안뜰로 북적거렸다.

루나가 주둥이로 더스키를 쿡 찌르며 말했다.

"더스키, 우리가 보는 게 뭘까? 네가 보기에는 조금이라도 익숙한 게 있어?"

더스키가 다시 고개를 저었다.

루나는 하늘을 훑어보았다.

"지금도 용은 한 마리도 안 보이는데. 이상하지 않아?"

모두가 납작하게 펼쳐진 벌집에 사는 걸까? 루나는 다시 시선을 내렸다가 건물들 사이 혹은 길고 평평한 선을 따라 움직이는 형체들을 알아보았다. 이곳에서 보기에는 너무 작아 개미와 비슷해 보였고…… 용 같지는 않았다. 그들은 용처럼 움직이지 않았다. 날아다니는 형체가 하나도 없었고 생김새도 이상했다.

루나는 뭐라도 알아내려고 더듬이를 최대한 뻗었다. 하늘에서 느껴지는 유일한 진동은 새들에게서 나오는 것이었다. 가장 큰 진동은 한참 먼 곳에서 게으르게 떠가는 매의 진동이었다.

하지만 근처 어딘가에서…… 이게 목소리일까? 지나치게 높고 빠른 억양이 들렸다. 용이 아니었다. 인간이었다.

루나는 더스키를 품에 안아 들고 나무 위로 날아 올라, 솔잎이 무성해 땅에서 보면 모습이 가려질 법한 나뭇가지에 걸터앉았다.

딱히 인간이 **두려운** 건 아니었다. 하지만 심연의 수호자와 왕좌에 앉아 있던 인간을 보고 나니, 이 인간들이 어떤 종류인지 확인할 때까지는 거리를 유지하는 게 낫겠다고 생각했다.

인간은 네 명이었다. 그들은 몸을 수그린 채 뽐내듯 산을 걸어 올라오며, 서로에게 부딪히고 소리를 지르고 손에 잡히는 잔가지를 부러뜨렸다. 그중 하나가 멈춰 서서 돌을 집어 들더니 나무에 던졌다. 돌이 나무에 **쿵** 부딪히자 그가 "그렇지!"라고 소리쳤다. 다른 인간 두 명이 앞다투어 돌을 집어 들고 똑같이 했다.

마지막 인간은 눈알을 굴리며 큰 바위에 앉아 두 다리를 쭉 뻗었다.

"아주 인상적이야. 돌로 나무를 맞히다니. 누군가 너희를 황제로 만들어야겠어."

첫 번째로 돌을 던진 인간이 씩 웃더니 뽐내듯 원을 그리며 걷다가, 지켜보는 나무들에게 두 팔을 뻗었다.

"우리 모두는 아니고 나만! 난 코요테 황제다!"

루나의 주둥이에서 꼬리까지 충격이 느껴졌다.

잠깐. 내가 저 사람들 말을 이해할 수 있잖아. 인간어인데도 이해할 수 있어!

그럼 이건 환각이 틀림없었다. 루나가 덩굴에게 정신 통제를 당한 상태로 마법적으로 인간어를 배웠을 리는 없었다.

하지만 정말이지 *기이한* 환각이었다.

"너보다는 내가 더 나은 황제가 될 거야!"

다른 인간이 첫 번째 인간의 등에 펄쩍 뛰어오르며 소리쳤다. 그들은 "코요테 황제야!", "아니, 아가일 황제야!"라고 소리치며 드잡이질을 하다가, 결국 팔다리를 휘두르는 하나의 덩어리가 되어 땅에 쓰러졌다.

이 인간들은 *너무 시끄러웠다.* 루나는 이런 인간들을 한 번도 본 적이 없었다. 루나가 만난 인간들은 조심스럽고 조용했다. 잡히거나 먹히지 않으려고 세상의 가장자리만을 몰래 돌아다녔다. 겁 없어 보이는 렌조차도 어느 순간에든 안전한 곳에 숨거나 공격에 맞서 싸워야 한다는 생각으로 경계심 많고 신중하게 행동했다.

하지만 이 넷은 모든 공간과 공기를 차지하고 망설임 없이 그곳을 채웠다. 그들은 한 번도 하늘을 확인하지 않았다. 뭔가가 자기들을 잡으러 오는지 살피느라 주위를 두리번거리지도 않았다. 뭔가가 자기들을 잡아먹을 수 있다는 생각을 한 번도 해 본 적 없는 것처럼 굴었다. 용들이 존재하지 않는 것처럼.

루나는 몸을 떨었다.

이 이상한 곳에 용이 존재하긴 할까? 왜 한 마리도 안 보이는 거지?

바위 위의 인간이 옥신각신하는 땅바닥의 인간들을 보며 눈알을 굴렸다.

"아주 위엄 있는 행동이네."

첫 번째 인간이 친구를 밀고 다시 펄쩍 뛰어 일어섰다. 그는 어깨를 으쓱하며 말했다.

"제국은 셋이야. 우리가 각각 하나씩 가지면 돼."

그는 바위 위의 인간을 아무렇지 않게 빼 버리며 다른 두 인간을 가리켰다.

"이 계획이 성공하면 제국은 하나밖에 남지 않을 거야. 이 대륙 전체를 다스릴 제왕도 하나뿐일 테고."

주저앉은 그의 친구가 말했다. 루나가 듣기에는 차가운 말투 같았다.

그는 일어서서 긴 비단 외투에 묻은 솔잎을 털었다.

이제 보니 그들은 모두 비슷한 싸개를 두르고 있었다. 루나가 아는 그 어떤 인간이 걸쳤던 것보다 화려하고 깨끗하고 우아한 천이었다. 은실의 작은 소용돌이가 섬세한 줄세공 무늬를 그리며 천 가장자리를 장식했다. 이런 싸개는 서둘러 나무를 기어 올라갈 때 도움이 되지 않을 텐데.

"이 '계획'은 터무니없어, 코튼마우스."

젠체하는 녀석이 말했다. 그는 다시 앞장서서 비탈을 오르기 시작했다.

"적어도 1년 동안 아무도 용을 보지 못했어. 용들이 어디 사는지 아무도 몰라."

루나는 참지 못하고 헛숨을 들이켤 뻔했다.

용들을 찾고 있어.

왜 1년 동안 용을 보지 못한 걸까? 다들 어디에 있는 거지?

루나는 그들을 따라가고 싶었지만, 자신을 보면 이 인간들이 어떻게 행동할지 약간 긴장됐다. 루나는 잠시 생각하다가 나무 더 높은 곳으로 올라가 나뭇가지를 따라 다음 나무로 건너갔다. 더스키는 루나의 목에 매달려 있었다. 시케이다 벌집 근처의 그물에서 어린 시절을 보냈다는 건 루나가 나무에서 나무로 민첩하게 기어가거나 훌쩍 뛰어가는 데 아무 문제가 없다는 뜻이었다. 게다가 인간들이 만들어 내는 엄청난 소음

덕에 그들을 따라가기가 더 쉬웠다. 루나는 자신이 미끄러져 숲 바닥에 떨어진대도 인간들이 듣지 못할 거라고 확신했다.

인간들은 오랫동안 산을 타며, 일종의 공놀이에 관해서 신나게 떠들어댄 끝에 산봉우리와 그리 멀지 않은 곳에 멈춰서 쉬었다. 이제 보니, 이 산봉우리는 산맥 중에서 키가 작은 축에 속했다. 북쪽으로는 훨씬 높은 산봉우리가 뻗어 있었다. 일부는 하늘까지 닿는 뾰죽빼죽한 발톱에 눈이 쌓인 것처럼 보였다.

여기서는 아래쪽에 펼쳐진 벌집이 더 많이 보였다. 벌집이 **모든 것을** 덮고 있었다. 땅의 모든 자리가 구획되어 건물이 지어지고 곧은 선을 따라 뭔가가 재배되고, 그 안에서 작은 개미 형상들이 우글거렸다. 그 형상들은 절대 용이 아니었다. 루나는 그들이 인간이라고 확신했다.

인간의 **도시**라니.

그냥······ 탁 트인 곳에 나와 있다니! 누구든 휙 날아내려 인간을 먹어 치울 수 있는 곳에! 마치 용들을 위해 차려놓은 거대한 뷔페 같았다.

어쨌든, 루나는 자신이 파이리아에 있는지조차 확실히 알 수 없었다. 생추어리에서 이와 비슷하게 대륙을 둘로 나눴던 산맥을 본 기억이 났다. 하지만 그들은 산맥에 이르기 위해

광활한 사막을 건넜다. 산맥 서쪽의 대부분을 차지하고 있는 모래왕국 영토를. 그러나 이 위에서는 서쪽으로 사막의 흔적이 전혀 보이지 않았다. 해가 지평선을 향해 천천히 지는 것이 보였지만, 그쪽으로 보이는 건 모두 초록색이나 빛나는 흰색, 인간 도시의 잿빛이었다.

"야영지로 돌아가야겠어. 여기엔 용들이 없는 게 분명해. 네 예상대로야, 코요테."

인간 중 하나가 말했다. 그들 넷은 공터에 다리를 뻗고 나무에 기댄 채 허리에 감고 있던 가방에서 간식을 꺼내 먹었다.

"그러게 말이야. 하지만 사령관님 명령대로 확인해 봤다고 말할 수는 있잖아."

잘난 체하는 녀석이 말했다. 그는 입에 땅콩을 던져 넣고 기지개를 켰다.

"나라면 이걸 제대로 된 정찰이라고 말하지 않을 거야."

코튼마우스가 특유의 단조롭고 못마땅한 듯한 목소리로 말했다.

"얼마든지 혼자 해 봐. 분명히 말하지만, 황제의 도시와 이렇게 가까운 곳에 용이 있다면 우리가 알았을 거야. 장담하는데, 용들은 저 멀리 북쪽으로 도망쳐서 숨었을걸. 다이아몬드 제국 국경 근처로. 거기가 놈들이 있는 곳이야."

코요테가 위쪽 산을 한 손으로 가리키며 당당하게 말했다.

"나야 좋지. 용들이 다이아몬드 군대를 잡아먹으면 우리가 놈들과 싸우는 수고를 덜 수 있으니까."

다른 인간이 말했다.

"**참 나.** 난 다이아몬드 군대가 두렵지 않아. 지난번에 놈들이 쳐들어왔을 때도 우리가 놈들을 박살 냈는걸."

그의 친구가 말했다.

"최근에 우리가 **놈들**을 공격했을 때는 놈들이 **우리를** 박살 냈고. 게다가 놈들은 강을 국경선으로 두고 재규어 여제랑 꼼짝 없이 맞붙어 있어. 어떤 제국도 확장이 불가능해. 우리 모두 갇혔어. 몇 킬로미터 안 되는 똑같은 영토를 두고 서로 밀치락달치락하고 있을 뿐이야. 그렇기 때문에 새로운 무기가 필요한 거라고. 그래서 황제의 계획이 천재적인 거고."

코튼마우스가 지적했다.

"넌 그걸 계속 '황제의' 계획이라고 하는데, 황제의 귀에 그 계획을 미끄러뜨려 넣은 게 너라는 건 모두가 알아."

코요테가 코웃음을 쳤다.

"으웩!"

다른 인간 중 하나가 코요테에게 오렌지를 던지며 소리쳤다. 코요테는 민첩하게 허공에서 오렌지를 잡더니, 장화에서 칼을 꺼내 오렌지 껍질을 벗기기 시작했다.

"황제는 매우 현명해. 가장 비천한 조언자의 말에도 귀 기울이는 게 바로 그 증거야."

코튼마우스가 침착하게 말했다.

"우리가 용을 한 마리도 찾지 못한다면 이 **천재적** 계획을 어떻게 성공시킬 수 있으려나."

네 번째 인간이 하품하며 말했다

"우리가 찾아낼 거야. 난 확신해."

코튼마우스가 말했다.

그는 나무 위를 올려다보았다. 루나의 눈을, 똑바로.

~15~

루나는 꺅 소리를 지르며 나뭇가지 뒤로 몸을 숙였다. 심장
이 두근거렸다. 더스키가 목을 너무 세게 끌어안아 잠깐 현기
증이 났다.

우릴 어쩌려고 할까? 용을 왜 원하는 거야?

아래쪽에서 잠시 침묵이 흘렀다. 그러다가 인간 중 하나가
웃으며 코튼마우스의 잘난 체하는 목소리를 흉내 내며 놀렸
다. 코요테와 다른 인간도 웃었다. 루나는 그들이 일어서서
시끄럽게 여기저기 부딪히는 소리를 들었다.

루나는 위험을 무릅쓰고 솔잎 사이로 내려다보았다. 코튼
마우스가 서 있는 것도 보였다. 그의 초점은 다시 일행에게

돌아가 있었다.

하지만…… 코튼마우스는 분명히 루나를 봤다. 왜 반응하지 않을까? 다른 이들에게 말하지도 않고?

"기운 내, 코튼마우스. 네가 원한다면 분명 황제도 남은 평생 상상 속 용들을 쫓아다니게 놔둘 거야. 그런 식으로 최전방을 몇 년씩 피할 수 있겠지."

코요테가 코튼마우스의 어깨를 툭 치며 말했다.

"이건 그런 게 *아니*……."

코튼마우스가 서릿발처럼 대꾸하려 했다.

"그래, 그래."

그러나 코요테는 그의 항의를 아무렇지 않게 넘겨 버리고 다른 둘이 바짝 뒤따르는 가운데 비탈을 경중경중 내려갔다.

"야영지까지 경주하자!"

코요테가 소리쳤다. 또 한 번 부딪히고 고함을 지르고 소음을 내는 불협화음이 이어진 끝에 그들은 사라졌다.

코튼마우스는 식식대며 작게 숨을 내쉬더니 돌아서서 주변의 나무를 조용히 살폈다. 그러나 고개를 들지는 않았다.

인간 하나. 필요하다면 루나도 인간 하나쯤은 처리할 수 있다. 루나에게는 자신을 지킬 불꽃비단실이 있었다. 하지만 루나에게 정말로 필요한 건 답이었다. 이 환각에서 루나가 인간어를 이해할 수 있다면, 인간도 용의 언어를 이해할 수 있을까?

"안녕?"

루나가 소리쳤다.

코튼마우스는 대답하지 않았다. 그는 떨어진 나뭇가지를 조용히 밟으며 공터에서 어슬렁어슬렁 멀어졌다.

루나는 더스키를 튼튼한 나뭇가지 삼각형 안에 집어넣고 속삭였다.

"여기 있어."

그런 다음 루나는 날개를 쫙 펴고 숨어 있던 곳에서 아래로 내려갔다. 루나가 코튼마우스의 등 뒤에 소리쳤다.

"안녕? 저기? 네가 찾던 게 나 아냐?"

코튼마우스는 루나의 목소리를 전혀 듣지 못하는 듯 계속 걸어갔다. 용의 언어를 알아듣지 못한대도 용이 으르렁거리는 소리와 숲의 소음은 구분할 수 있을 텐데.

루나는 타박타박 앞으로 나가 한쪽 발톱으로 코튼마우스의 등을 쿡 찔렀다.

전혀 반응이 없었다. 그는 돌아보지도 않았고, 움찔하거나 펄쩍 뛰지도 않았다.

"내가 안 보여? 소리도 안 들리고? 정말로?"

루나가 물었다.

루나는 쏜살같이 코튼마우스 앞으로 가 날개를 흔들었다.

코튼마우스는 **루나를 곧장 지나쳐 갔다.**

"야아악!"

루나가 소리쳤다. 아프지는 않았지만 **너무 이상했다!** 루나는 두 앞발을 들어 미친 듯이 살펴보았다. 발은 **있었다.** 루나는 발을 **볼 수 있었고,** 나무나 더스키 같은 것들을 만질 수 있었다. 그런데 이 인간에게는 어떻게 없는 존재가 될 수 있을까?

투명해지는 것과 비슷했지만, 다른 방식으로 끔찍했다.

루나는 서둘러 더스키에게 돌아가 잠시 옆에 앉아 있었다. 최소한 뭔가는 현실이 되도록 더스키를 품에 끌어안았다.

"더스키, 여기가 **어딜까?** 왜 이런 일이 일어나는 거야?"

루나가 물었다.

더스키는 하늘을 쳐다보았다. 루나는 그의 시선을 따라가다가 구름에서 빠르게 내려오는 어두운 그림자를 보았다. 그림자가 안개처럼 그들 위로 드리워졌다. 온 세상이 눈을 깜빡이는 것 같았다. 그림자가 사라지자 눈앞에는 완전히 다른 풍경이 펼쳐졌다.

여전히 산이었지만, 숲의 경계선 위로 솟은 더 춥고 높은 산이었다. 몇몇 바위 위로 눈이 쌓여 있었다. 그들은 산양 앞에 나타났지만, 코튼마우스가 그랬듯 산양도 평온히 뭔가를 씹으며 그들 너머를 보았다.

인간도 바위 여기저기 흩어져 있었다. 잠시 루나는 그들이 모두 죽었다고 생각했다. 너무 고요하게 엎드려 있었기 때문이다. 그때, 한 인간이 잠시 고개를 들었다가 다시 숙였다. 그들은 뭔가를 피해 숨어 있었다.

인간들은 거대한 동굴을 지켜보면서, 한편으로는 그 동굴을 피해 숨은 듯했다. 아니, 그르렁대고 으르렁거리며 연기를 흘리는 거대한 동굴 속의 무언가를 피해서.

용을 찾았어.

용들은 나를 보거나 내 목소리를 들을 수 있을지 궁금한데.

동굴 안에 있던 용이 입구로 나오자 으르렁거리는 소리가 더 커졌다. 용은 고개를 내밀고 하품하더니 의심스럽다는 듯 코를 킁킁거렸다.

아주 큰 용은 아니었다. ……루나보다 그리 크지 않았다. 용에게는 날개가 둘 있었고, 비늘은 레몬색 속비늘이 있는 주황색이었다. 용이 하품하자 입에서 작은 불꽃이 날름거렸다. 어째서인지 그 용은 완성이 덜 된 것처럼 약해 보였다.

인간들이 저 용을 해치지 않으면 좋겠는데.

루나는 인간들을 힐끗 보며 불안하게 생각했다. 인간들은 모두 날카롭고 뾰족한 것을 들고 있었으며 뭔가에 골몰한 표정이었다.

"조심해요! 용 씨? 내 말 들려요? 여기 인간들이 있어요. 무슨 꿍꿍이가 있는 것 같아요."

루나가 소리쳤다.

하지만 용의 눈은 루나를 지나쳐 갔다. 더스키를 제외한 누구도 루나의 목소리에 반응하지 않았다. 더스키는 루나의 목에 파고들며 칭얼댔다.

"내가 그랬잖아요, 인간은 무섭다고."

주황색 용이 날개를 쭉 뻗으며 하늘로 날아올랐다. 용은 심장이 몇 번 뛸 동안 원을 그리며 날았고, 인간들은 얼어붙은 듯 머물렀다. 이어 용은 태양이 떠오르는 동쪽으로 날아갔다.

"지금이야."

인간 중 하나가 낮은 목소리로 외쳤다.

동굴과 가장 가까이 있던 인간 셋이 숨어 있던 장소에서 훌쩍 뛰어나와, 전속력으로 어두운 동굴을 향해 달렸다. 루나는 그중 하나가 코요테라는 걸 알아보았다. 하지만 그는 나이가 더 들어 보였다. 주름도 많았고 머리도 희끗희끗했다.

잠시 후, 말을 했던 인간이 바위를 넘어와 동굴과 더 가까운 곳으로 빠르게 달려갔다. 그는 계속 몸을 숨기고 있었다. 코튼마우스였다. 그 역시 나이가 들어 보였다. 한쪽 관자놀이에 새로운 흉터가 있었고 머리가 더 길었다. 인간들이 걸친 싸개도 달랐다. 은색 줄 세공도 없었고, 가시덤불을 헤치며 끌고 다닌 듯 거칠어 보였다. 하지만 코튼마우스는 망토 양쪽 어깨에 새로운 황금색 메달을 달고 있었으며, 갈색 머리카락에는 선명한 초록색 깃털을 금실로 묶어 놓았다. 그는 눈빛으로 뭔가를 끌어내겠다는 기세로 동굴을 노려보았다.

그러다가 마침내, 세 명의 인간이 동굴에서 다시 나왔다. 둘은 칼을 뽑고 하늘을 지켜보았고, 코요테가 두 팔에 용의 알을 안은 채 그들 사이로 걸었다.

코튼마우스의 얼굴에 천천히 미소가 번졌다. 그는 손짓으로 다른 인간 셋을 앞으로 불렀다. 그들은 상자를 들고 있었다. 안감을 덧댄 상자 안에 코요테가 알을 집어넣었다.

"이럴 줄 알았어."

코튼마우스가 허리를 숙여 알을 보며 말했다. 그는 손으로 알껍데기를 쓸어 보았다.

"그래, 그래. 네 말이 맞았네. 황제가 짜릿해하겠다."

코요테가 말했다.

"둥지에 알이 몇 개나 있었지?"

코튼마우스가 물었다.

"셋입니다."

다른 인간이 코요테의 경고의 눈길을 보지 못하고 말했다.

코튼마우스가 일어서서 코요테의 눈을 들여다보았다.

"가서 나머지 두 개도 챙겨."

"워어. 계획은 우선 하나만 가져가는 걸로 아는데."

코요테가 말했다.

"다 필요해. 가서 가져와. 당장."

코튼마우스가 말했다.

"하지만 장군님, 그러면 용이 화를 내지 않을까요? 학자들 말로는 알이 하나쯤 없어진 것은 신경 쓰지 않는다지만……."

코요테의 왼쪽에 있던 인간이 말했다.

코튼마우스가 단 한 번의 신속한 동작으로 그의 배를 칼로 찔렀다. 인간은 구르륵 소리를 내더니 쓰러졌다.

루나는 뒤늦게 더스키의 눈을 가렸다. 더스키가 떠는 것이 비늘 전체에 느껴졌다.

"알았어."

코요테가 두 손을 들며 말했다. 그는 돌아서서 성큼성큼 동굴로 돌아갔다. 코튼마우스가 손짓하자 다른 인간 셋이 그를 따랐다. 나머지 군대는 상자 두 개를 더 내놓았다.

루나는 용의 알 두 개가 더 상자 속에 놓이는 동안 눈을 감았다.

가엾은 주황색 용. 사냥에서 돌아오면 알이 모두 사라지고 없을 거야.

내가 구해 줄 수 있으면 좋을 텐데.

인간들은 알을 가지고 뭘 하려는 거지?

"더스키, 난 이 일이 우리가 본 인간과 새끼 용에게 관련된 일 같아. 하지만 이 일이 식물과 다른정신에 어떻게 연결되는지 모르겠어."

루나가 속삭였다.

계속해서 지켜보면 그림자가 그들을 다음 이야기로 데려갈 것 같았다. 루나는 심호흡하고 다시 눈을 떴다.

그들은 이제 섬 위에 있었다. 발톱이 뜨거운 모래 속으로 가라앉았다. 섬은 작았고, 환하고 작은 물굽이를 감싸며 휘어져 있었다. 물은 파랗게 아른거렸다. 얕은 물가의 바위 웅덩이에 용의 알 두 개가 거의 잠겨 있었다.

"아아, 안 돼."

루나는 앞발로 주둥이를 틀어막으며 속삭였다.

이미 너무 늦었다. 인간들이 바위 웅덩이 주변에 모여서 켈프로 안감을 댄 바닷물 가득한 통에 알을 집어넣고 있었다.

코튼마우스와 코요테는 그들과 함께 있지 않았다. 그들은 약간 달라 보였다. 물범 같은 갈색 피부에 매끄러운 검은색 모피를 걸쳤으며, 머리카락은 파란색과 초록색 계열이었다. 한 명은 이마 한가운데 재규어 상징이 들어간 단순한 은색 머리띠를 하고 있었다.

"빨리. 바다 용이 언제든 돌아올 수 있다."

그녀가 쏘아붙였다.

"그래서 이 많은 병사들이 온 것 아닙니까."

여자 옆의 인간이 투덜거렸다.

"불가피한 경우가 아니라면 용을 죽이지 마라. 여제께서는 **은밀히** 진행하라고 하셨다. 알을 가져간 게 인간이라는 걸 놈들이 알지 못하게 하라고 하셨어."

재규어 여자가 말했다.

그녀는 바위 웅덩이 근처의 모래를 가리켰다.

"떠나기 전에 저 발자국을 없애라."

루나는 이게 상당히 우스꽝스러운 일이라고 생각했다. 몇 시간이 지나도 이렇게 많은 인간이 남긴 진한 냄새는 당연히 어떤 용이라도 맡을 수 있다.

"다른 제국에서도 이렇게 조심할까요?"

인간 중 하나가 물었다.

"모르지. 첩자들이 놈들도 용의 알을 훔치고 있다는 걸 확인했지만, 그 외엔 별로 알아낸 게 없어. 놈들이 부화한 용을 길들이는 데 성공했는지, 아니면 그 용으로 다른 일을 하려는 건지 알 수 없다."

지도자가 심각하게 말했다.

"다루지도 못할 문제를 굳이 일으키는 거죠."

다른 인간 중 하나가 말했다. 그림자가 다시 깜빡였다.

그림자가 걷혔을 때 루나와 더스키는 붉그레한 바위 절벽 아래 있었다. 바위와 모래가 보였다. 절벽을 반쯤 올라간 곳에서 인간 무리가 서둘러 동굴에서 꺼낸 알들을 상자에 집어넣고, 그 상자를 아래쪽 땅으로 내렸다. 땅에서는 말을 탄 군인들이 기다리고 있었다. 코튼마우스와 코요테도 있었다. 코요테는 코튼마우스가 알에서 눈을 떼지 않는 동안 하늘을 훑었다.

"지금껏 성공하지 못한 방법을 왜 계속 시도하는 거야? 이건 군인 *그리고* 과학자들을 의미 없이 낭비하는 짓이야. 우리가 지금까지 얻은 결과는 망가진 얼굴과 불에 탄 실험실뿐이라고."

코요테가 투덜댔다.

"놈들을 다스릴 방법을 알아낼 거야."

코튼마우스가 말했다. 그의 머리카락에는 새로 난 흰머리 옆에 깃털 두 개가 더 묶여 있었다. 얼굴 주름도 더 깊어져 있었다. 특히 이마와 눈 사이 주름이 깊었다.

"놈들을 겁줘서 복종하게 만들어야 해. 내가 망가뜨리는 순간 놈들은 내 무기가 **될** 거다."

"황제의 무기겠지."

코요테가 불안한 듯 그를 보았다.

코튼마우스는 입을 꽉 다물고 미소 지으며 허리를 숙여 마지막 알이 땅에 이르는 모습을 지켜보았다. 이번에는 여섯 개였다. 루나는 경악하며 그 모습을 보았다.

"가자!"

코튼마우스는 상자들이 말에 묶이자마자 소리쳤다. 코튼마우스가 말머리를 돌리자 코요테는 그를 막으려고 그의 고삐를 쥐었다.

"아직, 저 위에 있는 병사들은?"

코요테가 물었다.

"따라올 수 있을 거야."

코튼마우스가 별것 아니라는 듯 말했다. 그는 코요테의 손에서 고삐를 뺏고, 말을 걷어차 달려갔다.

코요테는 길게 달랑거리는 밧줄을 타고 절벽에서 천천히

내려오는 사람들을 돌아보았다. 하지만 잠시 후에는 한숨을 쉬며 말머리를 돌려 다른 이들을 따라갔다.

그랬기에 남아서 용이 돌아오는 모습을 본 건 루나뿐이었다. 이번 용은 크기가 더 컸다. 모래와 비슷한 황갈색 비늘에 검은 점이 찍혀 있었다. 루나는 동굴 안으로 휙 날아 들어가는 용의 꼬리 끝에서 언뜻 가시를 보았다고 생각했다.

잠시 후, 용이 다시 튀어나와 분노로 포효했다. 절벽에 남아 있던 몇 안 되는 병사들은 이제 가망이 없었다. 루나는 더스키의 눈을 가리고 자기 눈도 감았다. 용의 입에서 불이 뿜어 나왔다.

다음 순간, 루나와 더스키는 가운데에 모래 구덩이가 있는 돌 피라미드 안에 서 있었다. 높은 곳의 창문이 천장의 황금색 단어들을 비추었다. 기이한 인간의 글자들이 루나의 머릿속에서 언어로 다시 자리 잡았다. 한쪽 벽에는 '**복종**', 다른 벽에는 '*자기 보호*', 다른 벽에는 '**황제께서 우리 모두를 보호하신다**'라고 적혀 있었다.

인간 병사들이 벽을 따라 늘어서 있었다. 그들은 무겁게 속을 채워 넣은 가죽 갑옷을 입고 창과 날카로운 무기들을 꼬나들고 있었다. 모래 구덩이 한가운데에서 용의 알이 홀로 부화하는 중이었다.

루나는 자신이 부화했던 순간을 떠올렸다. 루나는 알을 감싸고 있던 비단실 해먹이 부드럽게 흔들리던 것, 루나를 알껍데기에서 떼어 들어 올리던 발톱, 루나를 감싸던 어머니의 날개, 그리고 빛과 온기와 색깔과 안전하다는 느낌.

뾰족뾰족한 인간으로 가득한 여기 이 차가운 돌 방에는 그런 것이 전혀 없었다.

인간 하나가 알 가까이 서 있었지만, 금속 투구로 얼굴을 가리고 판금 갑옷으로 몸 전체를 감싸고 있었기에 루나는 그가 코튼마우스인지 알 수 없었다. 그는 긴 금속 막대를 쥐고 알을 내려다보고 있었다. 부화 중인 아주 작은 용이 껍데기를 옆으로 밀치고 꿈지럭거리며 모래밭으로 내려서자 인간이 달려들었다. 막대 끝의 원형 철사가 새끼 용의 목을 조였다.

새끼 용은 두려움과 놀라움에 비명을 질렀다. 돌아서서 위안이 되는 형체라도 찾으려 했지만, 인간은 막대를 이용해 녀석을 땅에 억지로 쓰러뜨렸다.

"이런 건 볼 필요 없어."

더스키가 루나의 목에 다시 얼굴을 묻자 루나가 말했다. 루나는 더스키가 소리도 듣지 못하도록 그의 귀를 막았다.

"이건 보고 *싶지* 않아. 다른 걸 보여 줘, 제발."

인간이 막대로 새끼 용을 찌르더니, 녀석을 뒤로 밀어 일으켜 세웠다. 새끼 용은 모래밭에서 비틀거리고 식식대며 인간에게 이빨을 드러냈다.

용감하고 작은 용이야. 벌써 맞서 싸우려 해.

루나는 생각했다. 루나는 코요테가 말했던 '망가진 얼굴'이라는 단어를 떠올렸고, 이곳의 **수많은** 인간들이 작은 포로들의 발톱에 상처를 입었기를 바랐다.

새끼 용들이 껍데기에서 기어 나오자마자 폭력과 고통을 마주해야 한다는 건 끔찍한 일이었다. 그들은 아직 이빨과 발톱을 써서는 안 됐다. 그전에 돌봄의 시간을 누려야 했다.

마침내 그림자가 다시 깜빡였다. 이제 그들은 먼지 한 톨 없는 네모난 방에 와 있었다. 방은 길었으며 양옆에 탁자가 늘어서 있었다. 탁자 위 우리마다 용의 알이 하나씩 들어 있었다. 루나는 식식대며 숨을 들이쉬었다. 숫자가 너무 **많았다**. 적어도 스무 개는 됐고, 새끼 용이 이미 부화하고 알껍데기만 남은 우리도 열 개가 넘었다.

문이 갑자기 홱 열리고 코튼마우스가 쿵쿵대며 들어왔다. 그의 뒤를 따르는 남자는 알 상자를 들고 있었다.

"둥지에 알이 하나밖에 없었다니 믿어지지가 않아. 그 용은 거대했는데."

코튼마우스가 우리 하나를 홱 열며 말했다.

"제가 본 용 중에서 가장 컸습니다."

남자는 불안하게 대답하며 알을 감싼 포장을 뜯었다.

"어떻게 그런 크기의 용한테 알이 *하나밖에* 없을 수 있지? 게다가 알을 왜 그렇게 조심스럽게 숨겨 뒀지? 나한테 거짓말을 하고 있는 거냐? 내 멍청한 동생이 나머지 알들을 남겨 두고 가자로 한 거야?"

코튼마우스가 물었다.

"거짓말이 아닙니다! 분명히 말씀드립니다, 사령관님. 그 알이 있는 곳으로 가느라 저희는 어느 때보다 힘든 시간을 겪었습니다. 다시 그곳으로 가야 하는 위험을 남겨 두지 않았다고 분명히 말씀드립니다!"

남자가 소리쳤다. 그는 알을 만지려다가 우뚝 멈춰 서서 떨리는 두 손을 맞잡았다.

코튼마우스가 코웃음 쳤다.

"그 말은 믿을 수 있겠군. 뭐, 그럼 이 알에 그만한 가치가 있어야 할 거다."

코튼마우스는 알 쪽으로 더 가까이 몸을 숙이며 그 안에서 희미하게 아른거리는 주황색 비늘을 노려보았다.

"아무튼 크긴 하군. 내가 이 용을 길들이면, 이 용이 나를 위해서 다이아몬드 제국의 군대를 잿더미로 만들 거다."

"제가 듣기로는……."

남자가 입을 열었다가 불편한 듯 말을 멈췄다.

"뭐냐?"

코튼마우스가 쏘아붙였다.

"제가 듣기로는 다이아몬드 제국과 재규어 제국도 용을 길들이려 하고 있답니다."

남자가 웅얼거렸다.

코튼마우스가 씁쓸하게 웃었다.

"그래. 여기서는 아무도 비밀을 지키지 못하지. 하지만 그 자들의 영토에 있는 용은 대부분 헤엄치는 용이다. 학자들에 따르면 불을 뿜지 못하지. 우리가 제대로 작동시킬 수만 있으면 우리 용들이 가장 위험할 거다."

제대로 작동시킨다고? 용들이 고장 난 베틀인가? 망가진 수레인가? 새끼 용들을 자극하고 조종하기만 하면 쓸모가 생길 거라는 듯이 말하고 있어.

루나는 분노에 몸을 떨었다.

또 한 번의 그림자가 둘을 어둠 속에 내던졌다. 이번에는 어둠이 오래 이어졌기에 루나는 그게 인간 이야기의 끝인지 궁금했다.

하지만 한참 만에 다시 그림자가 걷혔다. 이제 루나는 높다란 초록색 식물 가득한 들판이었다. 흥미롭게도 사방에서 인간들이 작은 토마토와 콩깍지를 따 바구니에 채우며 수다를 떨고 있었다. 파란 하늘이 머리 위로 솟아올랐다. 화창하고 평화로웠다. 더스키는 주둥이를 들고 심호흡했다. 주변에 그렇게 많은 사람이 있는데도 더스키의 심장 박동은 약간 느려졌다.

그때 무시무시한 포효가 공기를 갈랐다. 루나 인생 최악의 날들을 모두 합쳐 불을 지른 것처럼 느껴지는, 알아들을 수 없는 분노의 울부짖음이었다.

용 세 마리가 숲에서 불쑥 튀어나왔다. 그들은 땅으로 낮게 날았다. 그들의 주둥이에서 솟아오르는 연기 냄새를 맡을 수 있을 정도였다. 빠르게 지나가는 그들의 눈을 루나가 들여다볼 수 있을 정도였다.

그중 한 마리는 붉은 바위 절벽에서 보았던 용이었다. 여섯 개의 알을 도둑맞은 용. 앞장선 용은 그 용의 거의 다섯 배 크기였다. 녹이 슨 듯한 구릿빛과 초록빛 속비늘을 가진 거대한 주황색 용이 날면서 거대한 꼬리를 쳤다. 세 번째는 빨간 비늘이 얼룩무늬처럼 박힌 검은색 용으로, 얼굴에는 비장한 결심이 어려 있었다.

루나 주변의 인간들이 비명을 지르고 바구니를 떨어뜨리며 멀리 떨어진 건물로 도망쳤다.

용들이 입을 열고 들판에 불을 질렀다.

루나는 더스키를 더 바짝 끌어안았지만, 불길은 그들의 날 개를 그을리지 않은 채 타올랐다. 불이 전 지역에서 활활 타 오르는 동안 식물이 쪼그라들어 재로 변했지만, 루나와 더스 키는 상처 없이 남아 있었다.

"이럴 줄 알았어."

루나가 속삭였다. 용들은 원을 그리며 돌다가 이제 가까운 인간 주거지에 불을 뿜고 있었다. 용의 알을 훔치다니. 용들 을 저렇게까지 화나게 한 인간의 행동이 바로 *그것이었다.*

"더스키…… 이게 초토화의 시작이야."

~16~

루나는 왜, 어째서 이런 과거의 조각들이 보이는지 알 수 없었다. 하지만 초토화 이후로 지난 수천 년의 세월 동안 이야기가 어떻게 달라진 것인지 알 것 같았다. 용들은 그 이야기를 부어 신화를 만들고, 나무밥을 감싸듯 여러 겹으로 감쌌으며, 인간이 뭔가 끔찍한 짓을 했다는 기억은 유지하되 자신들의 알에 무슨 일이 일어났는지 자세한 내용은 지워 버렸다. 아마 세월이 흐르면서 인간이 그렇게 많은 알을 훔쳤다거나, 인간이 이렇게까지 진보된 사회를 건설했다거나, 인간이 조금이라도 위험할 수 있다는 사실을 점점 믿지 않게 됐을 것이다.

동굴 속 벽화가 인간의 이야기라면, 그들도 이야기를 바꾼 셈이었다. 그 그림은 초토화의 이유를 보여 주지 않았다. 그들은 탐욕스러운 인간이 용의 알을 훔친 내용이나 부화한 용을 고문했다는 내용을 전혀 포함하지 않았다. 인간의 이야기에서 용들은 아무 이유 없이 인간을 공격했다. 루나는 용들이 인간을 잡아먹고 모든 것을 불태우는 작은 벽화를 떠올렸다. 인간들은 자신을 피해자로, 용을 야만적인 괴물로 그렸다.

루나는 화가 났다.

하지만 그 반대였어. 불프로그 말이 사실이었어. 인간이 실제로 초토화를 시작했어.

그림자가 그들을 다음 순간으로 굴려 넣었다. 그들은 세 달 아래, 무지막지하게 높은 계단 위 사원 꼭대기에 서 있었다. 코튼마우스의 도시가 아닌 어느 도시의 중심부였다. 루나는 그곳이 산맥 반대편이라고 짐작했다. 차가운 기온으로 미루어 북쪽 어딘가였다. 아래쪽 인간들은 눈처럼 흰 양털 싸개와 묵직한 모피를 걸치고 있었다. 그들은 코튼마우스와는 다른 언어로 비명을 질렀으나 똑같이 빨리 탔다.

이번에는 용 열 마리가 도시 구석구석을 불태우고 있었다.

이번에 더스키는 얼굴을 감추지 않았다. 그는 루나의 앞발 너머로 주둥이를 내밀고 구경했다.

"용들이 저 인간들을 태워 버려서 기뻐요. 인간이 영원히 사라지게 다 태워 버렸으면 좋겠어요."

더스키가 작게, 하지만 사납게 말했다.

"더스키, 이건 오래전에 일어난 일이야. 그리고 잘 들어……
네가 용들의 알 때문에 기분이 상한 건 알겠어. 나도 그렇거
든. 끔찍한 일이야. 하지만 난 지금도 **모든** 인간을 죽이는 게
올바른 대응이라고는 생각하지 않아."

루나가 말했다.

"전 그렇게 생각해요! 인간은 저래도 싸요!"

더스키가 말했다.

루나는 더스키를 이해했다. 루나도 벌집날개들에게 같은 감
정을 느끼던 날들이 있었다. 용서받을 수 없는 짓을 한 용 혹
은 인간은 벌을 받아야 마땅하지 않은가? 똑같이 끔찍한 벌
을 받아야 하지 않을까? 벌집날개들이 잎날개를 쓸어버리려
했으니 그들 역시 그 대가로 멸종돼야 싼 것 아닐까? 인간들
이 용의 알를 훔쳤다면 용들도…… 충분히 이해할 만한…….

하지만 루나는 그 생각을 마무리 지을 수 없었다. 타오르는
도시를, 저 수백 명의 사람들을 내려다보면서 정말로 그게 옳
다고 **믿을** 수 없었다. 그들이 새로 부화한 새끼 용에게 한 짓
을 본 뒤였는데도 말이다.

렌과 악솔로틀을 떠올리면 그들이 아예 존재하지 않았으면 좋겠다고 생각할 수 없었다. 그들을 만나 본 지금, 루나는 어떤 인간들에게는 구원받을 자격이 있다고 생각했다.

마찬가지로, 크리켓을 알게 된 지금 루나는 모든 벌집날개의 파멸을 바랄 수 없었다.

어쩌면 썬듀 말이 맞을지도 몰라. 비단날개들이 너무 무르고 너무 용서를 잘한다는 말.

하지만 난 그들을 용서하는 게 아니야. 그냥…… 처벌이 적절하게 이루어지고, 마땅한 곳에 이루어지기를 바랄 뿐이야.

난 저런 용이 되어서 복수를 위해 모든 걸 태우고 모두를 다치게 하고 싶지 않아.

루나는 끔찍하게 철렁하는 느낌을 받았다. 누군가 인간의 도시로 가서 용의 알을 구해 왔을지 궁금했다. 용들은 새끼 용들이 이미 죽었다고 생각했을까? 분노하느라 새끼 용을 되찾을 희망까지 파괴했다는 사실을 그들은 깨닫지 못했을 것이다.

루나는 몸을 떨었다.

불타는 도시가 희미해지고 루나는 다른 해변에 와 있었다. 하지만 여전히 악몽이었다. 다른 밤이긴 했다. 달의 모양이 달랐으니까. 비도 내리고 있었다.

흠뻑 젖은 채 떨고 있는 인간들이 물가에 모여, 바다에 떠 있는 커다란 나무 그릇처럼 생긴 것에 기어오르고 있었다. 루나는 동굴 벽화에서 이 그릇들을 본 적이 있다. 인간을 태우고 바다를 건너는 초승달. 몇몇 인간은 끝이 납작하고 긴 막대를 그릇을 앞으로 저어 가는 데 사용했다.

다른 인간들은 하늘을 지켜보고 있었다. 그들은 칼과 창으로 무장하고 있었지만, 용들의 불에 그 무기들은 별 도움이 되지 않을 터였다. 인간들은 그 작고 날카로운 물건보다는 비의 보호를 받았을 것이다.

두건을 젖힌 채 긴 망토를 입고 있던 한 인간이 가장 큰 그릇으로 들어갔다. 그가 돌아서 손을 뻗어 상자를 건네받았다. 루나는 두꺼운 검은색 장갑을 언뜻 보고 얼른 다가가 그의 얼굴을 확인했다. 그래, 코튼마우스였다. 벽화 속에서 일행을 모두 데리고 바다를 건너던 것도 그가 틀림없었다. 코튼마우스와 그의 상자.

루나는 그 상자에 용의 알이 들어 있다고 확신했다. 아마 가장 큰 알, 용들의 알로 가득한 방으로 코튼마우스가 가져갔던 바로 그 알일 터였다. 이런 일이 벌어졌는데도, 그렇게 많은 도시가 불타고 죽음과 파괴가 이어졌는데도 그는 자신의 계획을 포기하지 않았다.

루나는 그에게 격분했다.

넌 대체 뭐가 문제야? 네가 그렇게 영리한 인간이라면, 더 나은 세상을 상상할 수는 없었어? 이토록 많은 비극을 일으키는 일에 왜 그렇게까지 노력하는 거야? 권력을 위해서? 그 에너지를 다른 인간들과 평화롭게 지내는 데 쓰고 용들을 가만히 놔둘 수는 없었어?

네 세상을 파괴한 게 너라는 사실을 모르는 거야?

코튼마우스가 해변을 내려다보는 높은 절벽을 쳐다보았다.

"내 동생의 흔적은?"

그가 근처 인간에게 물었다.

인간은 고개를 저었다.

"죄송합니다, 사령관님. 남쪽 마을로 경고하러 떠난 이후로 코요테에게서는 아무 소식이 없습니다."

코튼마우스는 입술을 꽉 다물었다.

"그럼 두고 가야겠군."

그는 초승달 앞부분으로 성큼성큼 걸어가 앉더니 상자를 두 무릎 사이에 끼우고 그 위에 두 손을 납작하게 올렸다. 다른 인간들은 그의 초승달 뒤로 가서 해변으로부터 멀어지려고 허둥댔다.

동굴 벽화의 영웅적인 이야기하고는 꽤 다른걸.

루나는 눈치챘다. 그는 혼자 서 있지도, 사람들을 이끌며 고귀하게 바다를 건너고 있지도 않았다. 그는 더러워지고 축 축해진 채로 웅크리고 앉아, 그가 바다를 건널 수 있도록 다른 사람들이 온갖 노력을 기울이는 동안 상자를 보며 중얼거리기만 했다.

하지만 그가 엄청나게 많은 사람들을 데리고 있는 건 사실이었다. 루나는 물러서서 그들이 긴 막대를 저으며 솟구치는 파도 속으로 들어가는 모습을 지켜보았다.

"가다가 물에 빠져 죽을지도 모르죠."

더스키가 기대를 담아 말했다.

루나는 최소한 그중 몇 명은 성공한다는 걸 알았다. 동굴 벽화가 옳다면, 상자를 들고 있는 코튼마우스가 그중 한 명일 터였다.

"이야기 내용이 더 있어요? 이제 끝난 건가요?"

루나가 하늘을 향해 물었다.

코튼마우스의 악의에 찬 인생 안에, 온 세상의 종말 안에 갇혀 있는 건 우울한 일이었다.

그림자가 다시 깜빡이더니 걷혔다. 그들은 햇빛 비치는 정글에 남겨졌다. 가파른 바위 절벽 옆면이었다. 절벽에는 상처 자국처럼 곳곳에 동굴이 패어 있었고, 주변에서는 습한 공기

속에 벌레가 윙윙거렸다.

루나는 천천히 돌아섰다. 이곳에는 *나무가* 너무 많았다. 여기가 판탈라일까? 와스프 여왕과 나무 전쟁 이전의 판탈라가 이랬을까?

루나는 덩굴 사이로 거대하고 반짝거리는 물줄기를 언뜻 보았다. 물은 고요하고 잔잔했다. 물살 때문에 탁해지지도 않았다. 그러니까 바다는 아니고…… 전갈 호수일까?

목소리가 가까워졌다. 인간어로 조용히 조잘거리는 소리였다. 루나가 그들을 돌아보았을 때, 루나와 가까운 땅에서 갑자기 어떤 형체가 솟아올랐다. 덤불에 하도 잘 숨어 있었기에 루나는 하마터면 그를 밟을 뻔했다. 그래도 그가 알아채지는 못했겠지만.

"정지! 움직이지 마!"

형체가 소리쳤다.

루나는 방금 공터로 들어온 두 인간과 함께 자기도 모르게 멈췄다. 인간들은 서로를 보더니, 미친 듯이 그들에게 손을 내젓는 남자를 돌아보았다. 남자는 나뭇잎으로 몸을 감싸고 이상한 나뭇잎 모자를 쓰고 있었지만, 루나는 그 모든 것에 가려진 코튼마우스를 알아보았다.

"죄송합니다, 사령관님. 숨어도 괜찮을지 동굴을 확인하고 있었습니다."

인간 중 하나가 말했다.

"야간 경비병이 머리 위로 날아가는 용을 본 것 같다고 했습니다. 용들이 우리를 따라왔을지도 모르고, 바다를 건넜어도 용들로부터 우리를 지킬 수 없을지 모른다고 했습니다."

다른 인간이 말했다.

"경비병이 틀렸다. 여기엔 용이 없어. 하지만 상관없지."

코튼마우스가 말했다. 다른 인간들을 가리키는 그의 한쪽 손이 떨렸다.

"난 답을 알아냈다. 뭘 해야 할지 알았어. 용들을 우리에게 복종시킬 방법을 알아."

루나가 듣기에는 미친 소리 같았지만, 인간들은 영웅적이게도 지나치게 의심스러운 표정을 짓지 않는 데 성공했다. 잠시 후, 그중 한 명이 공손하게 말했다.

"그런가요?"

"이 식물이다."

코튼마우스가 정글 바닥에 웅크리고 뭔가를 골똘히 바라보았다.

"봐라. 이 식물은 곤충의 정신을 사로잡는다. 곤충을 **통제하지.** 이 개미들은 씨앗을 높은 곳으로 운반한 다음, 식물이 자기 몸에서 자랄 수 있도록 내주고 죽는다. 개미 애벌레들은 어디든 씨앗이 가라는 곳으로 가서 씨앗을 삼킨 뒤 식물이 자라는 동안 자기 몸을 먹이로 준다. 훌륭하지 않으냐? 이 식물은 다른 생명체를 다스림으로써 퍼지고 생존한다. 다른 생명체를 지배함으로써 말이야. 완벽해."

이제 인간들은 서로를 다시 보았다. 한 명은 걱정스러운 표정, 다른 한 명은 심란한 표정이었다.

"그건⋯⋯."

그중 한 명이 입을 열었다가 말을 흐렸다.

"당황스러운데요. 꽤 소름 끼치는 식물 같습니다. 사령관님."

다른 한 명이 마무리했다.

코튼마우스는 조바심이 난다는 듯 손을 내저었다.

"이상한 소리 마라. 난 이 식물이 용들에게도 작용하도록 만들 수 있다. 나한테 필요한 게 정확히 이거야."

그는 금속 장치를 잡아채더니 식물을 파헤치기 시작했다. 눈에 섬뜩한 빛이 어려 있었다.

그림자가 다시 깜빡이는 순간 더스키가 다시 루나의 비늘에 고개를 파묻었다. 이제 그들은 기름등잔으로 밝혀진 동굴에 있었다. 벽은 거칠었고 루나의 발아래 돌은 축축했다. 루나는 딸그랑거리는 소리와 뭔가에 가로막힌 고함을 들었다. 인간들은 뭔가를 짓거나 파거나 하느라 분주했다. 공기에서는 썩어 가는 식물 냄새가 희미하게 났다. 그곳은 엉망진창이었 지만, 보고 있자니 수많은 우리로 가득했던 차갑고 매끄러운 방이 생각났다.

코튼마우스 때문이었을 것이다. 그가 덩굴과 흙이 든 화분 사이로 힘차게 걸어왔다. 혹은 방을 가득 채운 엉성하게 만든 우리들 때문인지도 몰랐다. 우리 안에는 작은 생명체들이 갇 혀 있었다. 대부분 도마뱀이었지만, 원숭이와 긴 깃털이 달린 파란색과 초록색 새도 한 마리씩 있었다.

용의 알도 있었다. 루나는 숨을 참았다.

알 꼭대기에 작은 금이 가 있었다. 알껍데기는 반투명한 색 으로 변해 갔고, 안쪽에서는 움직임이 보였다. 거의 부화에 가까웠다.

"시간이 없어. 저건 왜 반응이 없는 거지? 이건 아주 흥미 로운데."

코튼마우스가 중얼거렸다.

그는 종이 한 장을 톡톡 두드리더니 허리를 숙여 카멜레온 을 내려다보았다. 카멜레온은 붉은색 커다란 덩굴 위에 맥이 풀린 채로 가만히 엎드려 있었다.

"흐음."

코튼마우스는 글 쓰는 장치로 카멜레온을 쿡 찔러 보았지만 카멜레온은 눈만 껌뻑였다. 코튼마우스가 쏘아붙였다.

"일어나라. **움직여.**"

카멜레온은 움직이지 않았다.

코튼마우스는 몇 차례 욕을 하더니 눈을 가늘게 뜨고 용의 알을 한 번 본 다음, 서둘러 가장 큰 화분으로 향했다. 화분에서는 악의 숨결이 몇 가닥 자라 나와 서로 얽혀 있었다.

알이 살짝 흔들리더니, 가운데 부분에 또 하나의 금이 나타났다. 코튼마우스가 식식대며 빠르게 방을 가로질렀다. 그는 금속으로 만든 목 조르는 막대를 가지고 돌아왔다. 루나는 그것과 똑같은 막대가 새로 부화한 새끼 용에게 쓰이는 걸 본 적이 있었다. 코튼마우스가 그 커다란 검은색 장갑을 낀 채 막대를 들고 알을 향해 어슬렁거리며 다가갔다.

"*이 부분은 싫어.*"

갑자기 어떤 목소리가 들렸다. 높고도 선명한 목소리였다. 엉성하게 만든 실험실이 갑자기 소용돌이치며 사라지고 루나와 더스키는 아무 특징 없는 회색 안개 속에 남겨졌다.

루나는 더스키를 힐끗 보았다. 더스키는 눈을 휘둥그렇게 뜨고 루나를 마주 보았다.

"방금 누가 말한 거야? 저기요?"

루나가 조심스럽게 물었다. 대답이 없었다.

"작은 용이었어요."

더스키가 속삭였다.

"작은 용? 알에 들어 있던?"

루나가 되물었다.

갑자기 안개가 걷히고, 그들은 알현실로 돌아와 있었다. 루나는 잠시 이상한 현기증을 느꼈다. 이게 진짜일까? 환각에서 빠져나와 현실로 돌아온 걸까? 그러다가 루나는 이 상황이 같으면서도 다르다는 걸 깨달았다.

바닥을 뒤덮고 아치를 막고 있던 식물이 전혀 없었다. 왕좌와 기둥은 그 자리에 있었으나 새로 만든 듯 매끄러워 보였다. 왕좌에는 아무도 앉아 있지 않았고, 왕좌 밑에서 자라나는 식물도 없었다. 이 알현실은 완전히 새것이었다. 이곳과 연관 지을 부스럭거리는 두려움의 손길이 닿기 전이었다. 루나는 예상과 달리 바닥이 돌이 아니라 흙이라는 걸 알았다. 발톱이 흙으로 파고들었다. 루나는 흙이 너무 부드럽고 풍성해서 놀랐다.

"이거면 될 거다."

코튼마우스가 그 공간으로 휙 들어오며 말했다. 하마터면 그가 루나를 곧장 가로지를 뻔했으나 루나가 펄쩍 뛰어 비켰다. 인간 셋이 그를 뒤따라 들어왔다. 그들은 각각 뭔가를 들고 있었다. 덩굴이 흘러넘치는 화분, 불길하게 딸그랑거리는 자루, 위쪽에 구멍이 여러 개 뚫린 커다란 나무 상자. 상자 안에서는 매우 걱정스러운 소리가 났다. 루나는 상자 안에 무엇이 들어 있을지 끔찍한 예감이 들었다.

"모두 분부하신 대로입니다, 영주님."

한 인간이 자루를 내려놓고 알현실을 손짓하며 말했다.

"정말 이 방법이 성공할까요, 사령관님?"

다른 인간이 존경심을 담아 말했다. 상자를 들고 있는 인간이었다. 그녀는 조심스럽게, 알현실 한가운데 땅에 상자를 내려놓았다.

"당연하지."

코튼마우스가 한 손을 내저으며 말했다. 그는 다시 위엄 있는 옷을 입고 있었다. 머리끝에서 발끝까지 은실로 수놓인 망토에 황금 메달을 걸고 머리카락에는 깃털을 꽂고 있었다.

"하지만 방해받아서는 안 된다. 너희는 심연 꼭대기에 머물면서 내가 작업하는 동안 아무도 내려오지 못하게 해라. 뭔가 필요하면 너희를 통해서 말하마."

"네, 영주님."

처음 두 인간이 말했다. 그때까지 입을 열지 않던 세 번째 인간은 아무 말 없이 덩굴 화분을 내려놓았다. 그는 다른 인간들과 좀 달라 보였다. 바다 용의 알을 훔치던 인간과 비슷해 보였다. 그의 머리카락은 연한 라임색이었다.

코튼마우스가 눈을 가늘게 뜨고 조용한 인간을 바라보았다. 잠시 후, 그 인간은 똑바로 몸을 돌려 코튼마우스를 마주보았다. 그의 눈에는 소름 끼치는 흰 막이 끼어 있었고, 멍한 표정 속에 시선은 뻣뻣하게 마비되어 있었다. 그는 어색하게 무릎을 꿇고 고개를 숙이며 "그게 좋습니다."라고 말했다.

코튼마우스가 차갑게 미소 지었다. 인간은 뭔가에서 풀려나기라도 한 듯 푹 고꾸라졌다. 그는 비틀거리며 일어서더니 방에서 물러나며 허리를 숙여 인사했다. 다른 둘도 절하고 그를 따라 나갔다.

코튼마우스는 주위를 둘러보며 생각에 잠겼다.

"좋아. 이거면 되겠어. 내가 늘 원했던 것을 드디어 갖게 될 공간이야."

그는 화분을 왕좌로 가져가, 그곳 땅에 덩굴을 옮겨 심고 묘목을 사랑하는 정원사처럼 흙을 토닥거렸다.

마침내 그는 일어서서 상자로 성큼성큼 다가가, 맨 위의 빗장을 풀어 옆으로 던졌다.

작은 용의 머리가 밖으로 튀어나와 그에게 식식댔다.

그 용은 루나가 만나 본 열 개의 부족 중 어떤 부족과도 닮지 않았다. 오히려 그중 몇 부족을 혼합한 것처럼 보였다. 주황색 비늘은 벌집날개나 하늘날개 같았지만, 두 개의 초록색 날개는 잎사귀처럼 휘어 있었다. 눈의 형태는 어째서인지 글로리 여왕을 생각나게 했다.

"나한테 식식대지 마라, 리저드."

코튼마우스가 으르렁거리듯 말했다. 그는 상자에서 사슬을 풀어 용을 잡아당겨 꺼냈다. 사슬의 다른 쪽 끝이 용의 목에 감겨 있었다.

"저 인간이 용을 도마뱀이라고 부르네요. 하지만 저 용은 그걸 싫어해요. 진짜 이름, 인간이 아니라 용이 지어준 이름을 원하죠."

더스키가 조용히 말했다.

"내 얘기는 내가 할 수 있어."

새끼 용이 용의 언어로, 더스키를 똑바로 보며 말했다.

~17~

　얼어붙을 듯이 짧은 한순간, 방 안의 모든 것이 멈췄다.

　"아니, 그건 안 돼. 그만 끼어들어라. 손님들이 우리의 기원에 대해 들려 달라고 했으니까. 내게는 지난번 수호자 이후로 그 누구에게도 나의 천재적 재능을 보여 줄 기회가 없었다. 그러니 넌 닥쳐라."

　코튼마우스가 인간의 언어로 용을 향해 으르렁거리며 마법적 분위기를 깨뜨렸다.

　"싫어. 난 5천 년 동안 이 이야기와 이 모든 기억 속에 틀어박혀 있었어. 지루하고 싫어. 너도 싫고."

　리저드가 그에게 쏘아붙였다.

"너도 잘 알다시피 그 감정은 나도 마찬가지다."

코튼마우스가 으르렁거렸다.

"*아니야.* 우리한테 이런 짓을 한 건 *너니까.* 그러니까 나한테는 네가 나를 싫어하는 것보다 *훨씬 더* 너를 싫어할 권리가 있다고!"

리저드가 말했다.

그들 뒤쪽에서 일어나는 움직임이 루나의 시선을 사로잡았다. 덩굴이 눈에 띄게 자라나며 새로운 덩굴손을 틔우고 왕좌 아랫부분으로 기어 올라가기 시작했다.

"원래 저렇게 되는 거야? 정말로 저렇게 빨리 자라?"

루나는 궁금했다.

"그래. 멍청한 잡초지."

리저드가 독기 어리게 말했다.

"어, 와. 이제 넌 우리 말을 들을 수 있어? 이 부분은, 지금 이건 실제로 일어나는 일이야?"

루나가 물었다.

리저드는 눈알을 굴리더니 쿵쿵거리며 코튼마우스를 끌고 더스키에게 다가왔다.

"우린 우리 기억을 내줬어. 이젠 너희 기억을 줘."

리저드가 명령했다. 그녀가 앞발을 뻗어, 한쪽 발톱으로 더스키의 머리를 톡톡 두드렸다.

"음, 나는…… 싫은데? 방법도 몰라."

더스키가 말했다.

"알겠다고만 해. 내가 기억을 달라고 하면 알겠다고 하라고. 그러면 내가 기억을 볼 수 있어. 기억을 내놔."

리저드가 조바심을 내며 말했다.

"싫어."

더스키가 좀 더 단호하게 말했다.

리저드가 더스키를 노려보았다.

"잘못 말했잖아!"

"더스키가 왜 너한테 자기 기억을 *주겠어?*"

루나가 물었다.

"내가 원하니까! 난 지금까지 살았던 용 중에 가장 비참한 용이고, 그다음에는 죽었고, 그다음에는 증오스러운 인간과 절망적인 잡초와 함께 틀어박혀서 영원토록 반쯤 살고 반쯤은 죽은 채로 지냈으니까. 그러니까 나도 내가 원하는 걸 가져야지! 내놔!"

리저드가 성질을 터뜨렸다.

더스키가 눈을 휘둥그렇게 뜨고 루나를 보았다.

"하지만 어쩌다 그렇게 된 거야? 이야기는 어떻게 끝나?"

루나가 물었다. 루나는 왕좌를 천천히 감아 가는 덩굴을 쳐다보았다.

"저놈이 멍청해서, 실수로 식물이 우리 둘을 모두 차지하게 만들었어."

리저드가 식식댔다. 그녀가 왕좌를 가리키자 주변 장면이 바뀌었다.

추락하던 회색의 순간, 루나는 사방의 식물 그리고 인간과 새끼 용을 관통하며 자라는 덩굴의 끔찍한 장면을 다시 볼 수 있었다. 비교적 새로운 공간이 흔들리며 돌아왔다. 하지만 덩굴이 발목과 목을 꽉 감은 느낌은 남아 있었다. 마치 목을 조르는 유령 같았다.

"아니. 사실은 *저 도마뱀이* 견딜 수 없이 반항해서 모든 걸 망쳐 버린 거다."

코튼마우스가 말했다.

그는 천천히 숨을 들이쉬었다가 내쉬었다.

"하지만 뭐 어떠냐? 내가 이 방법을 성공시켰는데. 이 고깃 덩어리가 더 이상 움직이지 못한다고 해서 뭐?"

그는 아무렇지 않다는 듯 자기 몸을 가리켰다.

"나는 걸을 수도, 심연을 기어오를 수도, 밖으로 나갈 수도 없지만, 이 식물만 있으면 그 누구도 차지할 수 있고 원하는 곳은 어디든 갈 수 있다. 나는 한 번에 천 마리의 다른 생물이 될 수 있어. 온 대륙이 내 것이다. 내가 드디어 황제가 됐어. 내가 예상한 것보다 더 뛰어난 황제."

"하! 벌과 갈매기의 황제겠지. 당시에는 여기에 용이 없었어. 덜덜 떠는 네놈의 동굴 주민 몇 명 말고는 아무도 없었잖아. 넌 계속 그놈들을 겁줘서 나가지 못하게 했고."

리저드가 코웃음 쳤다.

"난 그들을 지킨 거다. 그렇게 하지 않았다면 용들이 다시 왔을 때 지난번에 그랬듯 그들도 모두 죽었을 거야."

코튼마우스가 주먹을 쥐었다. 그가 침을 뱉었다.

"용들이 내 덩굴을 태우고 내 씨앗을 파괴하고 내 뒤를 끊고 *내* 대륙을 차지했다. 늘 그래 왔듯 모든 걸 망쳤어!"

"늘 똑같이 칭얼거리지, 이 가엾은 인간아. 더는 빙의된 박쥐를 구름떼처럼 부를 수 없다니, 웬 비극이야."

리저드가 눈알을 굴리며 말했다.

"애초에 너희 종족 전체를 쓸어버렸어야 했는데."

코튼마우스가 심각하게 말했다.

"우리를 가만히 놔뒀어야지! 네가 그렇게 많은 알을 훔치지만 않았어도 초토화는 일어나지 않았을 거야!"

루나가 소리쳤다.

"너희가 틀린 부분이 거기다. 용은 천성이 위험해. 지나치게 크고 강력하지. 결국은 놈들이 동굴에서 기어나와 우리를 공격하고 우리 땅을 차지했을 거다. 놈들이 지나친 위협이 되기 전에 놈들을 다스릴 방법을 찾아야 했다고."

코튼마우스가 휙 돌아 루나를 노려보며 말했다.

"뭐, 잘했네. 너한테는 정말 잘된 일 같으니까."

루나가 말했다.

코튼마우스는 몸을 일으켜 세워 끝에 리저드가 연결된 사슬을 움찔거리며 루나를 노려보았다.

"내가 이 전쟁에서 이기고 있다는 걸 잊은 듯한데, 내 수중에는 용 부족이 셋 있다. 머잖아 바다 건너로 손을 뻗어 내 고향 대륙의 용들도 모두 차지할 거야. 너와 네 친구들 덕분에 나도 그곳에 갈 방법을 알아내겠지. 썬듀를 데려다가 내식물을 온 세상에 퍼뜨리겠어. *모든 용과 모든 인간이* 내 것이 될 때까지 그들의 뇌에 나 자신을 주입할 거다. 너희 모두 내 손가락, 나의 작은 장난감에 불과하게 될 거야."

썬듀를 데려다가.

코튼마우스가 '썬듀를 데려다가'라고 말했어. 그 말은, 아직 썬듀를 데리고 있지 않다는 뜻이야. 어디에 있는지 몰라도 썬듀는 아직 코튼마우스에게서 안전해.

안도감이 밀려왔다. 썬듀가 자유로운 한 희망이 있었다. 블루와 소드테일을 구할 누군가가 아직 저 바깥에 있었다.

"우리가 방금 본 게 전부 네 기억이야? 그럴 리 없잖아. 그 기억마다 모두 네가 나오는 게 아니었는데."

루나가 물었다.

"일부는 내가 오래전에 흡수한 인간들에게서 가져온 것이다. 나와 함께 이 대륙으로 도망친 뒤 내게 봉사하려고 스스로를 바친 자들 말이다."

코튼마우스가 말했다.

하, '흡수'라는 단어는 그냥 가볍게 지나가자.

"난 식물이 우리 정신에 침입할 수 없는 줄 알았어. 크리켓 말로는 와스프가 벌집날개들의 몸은 통제하지만, 그 용들의 생각을 듣거나 기억을 볼 수는 없다던데."

루나가 천천히 말했다.

"사실이다. 난 와스프에게 그런 것들을 얻을 수 있다는 얘기를 해 주지 않았어. 와스프는 영리한 도구지만, 꼭두각시들의 머릿속에 파고들겠다는 생각은 한 번도 하지 못했지."

코튼마우스가 만족스럽게 미소 지으며 말했다.

"으웩, 대체 왜 모든 걸 *그렇게 역겨운 방식으로* 표현하는 거야? 그런 식으로 되는 것도 아니잖아. 이놈은 기억을 그냥 파낼 수 없어. 아까 내가 말한 대로야. 우리 중 하나가 상대에게 물어봐야 하고, 용이든 인간이든 전갈이든 민달팽이든 뭐가 됐든 우리를 받아들이겠다고 동의해야 해. **쉽지** 않아. 대부분 싫다고 하니까. 그러면 이놈이 할 수 있는 일은 아무것도 없어. 하하."

리저드가 끼어들었다. 그녀는 목에 감긴 사슬과 몸싸움을 벌인 끝에 그걸 바닥에 내던졌다.

"나의 인간 숭배자들이 용 장난감에 비해 더 순종적인 편이긴 하지. 하지만 난 머잖아 수백 마리의 비단날개를 차지하게 될 거다. 놈들은 나약하고 겁 많은 종족이야. 조금도 반항하지 않고 좋다고 말할 거라고 확신한다."

코튼마우스가 손가락을 맞대고 탁탁 두드리며 말했다.

루나는 그 말이 사실이 아니기를 바랐다. 루나의 부족은 온순했지만, 그렇다고 강해질 수 없는 건 아니었다. 블루는 루나가 아는 가장 온순하고 다정한 용이지만, 중요할 때는 싸움을 피하지 않을 용이다. 루나는 그렇다고 확신했다. 그들은 비단실 가닥과 비슷했다. 그 자체로는 부드럽고 별 실체가 없지만, 한데 엮으면 수백 마리의 용도 지탱할 수 있다.

"그 방법이 어떻게 가능한지 모르겠어. 너희는 완전히 한데 엉겨 있잖아. **너도** 뭔가를 통제하는 거야? 식물은 어때? 아니면 모든 걸 인간이 다 하는 거야?"

루나가 리저드를 돌아보며 물었다.

"식물은 그냥 최대한 멀리 퍼지고 싶어 해. 정확히 말하면 생각이 없어. 자기 혼자서 뭔가를 **할** 수도 없고. 하지만 나는 늘 식물의 존재를 마음속에서 느껴. 꿈틀거리고 배고파 하고 뭐든 붙잡을 수 있는 곳이라면, 또 뿌리를 내릴 수 있는 흙이 있다면 세상 어디든 움켜쥐려는 그 식물들. 식물은 우리에 비해 살아 있지만, 우리의 뇌를 통해서 음모와 계획을 세우고 퍼져나가. 그렇게 자기보다 똑똑한 걸 통제하려 들어. 이 세상 대부분의 존재가 이 식물보다는 똑똑하고."

리저드가 코에 주름을 잡으며 말했다.

"**내** 뇌다. 너는 여기서 아무 의미가 없어."

코튼마우스가 잘난 체하며 리저드의 말을 고쳐 주었다.

분노가 리저드의 얼굴을 사로잡았다. 그녀는 코튼마우스를 향해 쏜살같이 다가가 발톱을 그어댔다. 코튼마우스의 손에 길고 날카로운 막대가 나타났다. 그는 그 막대로 리저드를 쿡 찔러 더스키가 있는 뒤쪽으로 쓰러뜨렸다. 리저드는 넘어져 웅크린 채 으르렁거렸다.

"나도 조종할 게 있어. 나도 새 장난감을 얻었다고."

리저드가 짧게 숨을 헉헉대며 말했다. 그녀가 꼬리로 더스키를 휙 가리켰다.

"그건 사고였어."

코튼마우스가 리저드의 사슬을 벽의 고리에 걸고 팔짱을 끼더니 인상을 쓰며 더스키를 보았다.

"주의도 산만해지고. 지금 당장 죽이는 게 좋겠다."

"**안 돼애애애!** 놈은 *내 거야, 내 거, 내 거!* 넌 증오스러운 애벌레 자루고! 저놈을 해치면 내가 쟬 풀어 주겠어!"

리저드가 비명을 지르며 루나를 가리켰다.

"하필 이때 성질을 터뜨릴 필요는 없어. 우린 이 세상을 차지하기 **일보 직전**이라고, 이 말썽쟁이야!"

코튼마우스가 식식거렸다.

"난 쟬 갖고 *싶어!* 쟤를 가지고 놀고 싶어! 넌 가서 코에 버섯이나 쑤셔 박아!"

리저드가 한쪽 발을 구르며 소리쳤다.

코튼마우스는 인상을 찡그리며 이마를 문질렀다. 그가 으르렁거리듯 말했다.

"네가 **닥치고 날 방해하지 않는다면,** 데리고 있어도 좋다. **당장은.** 하지만 난 할 일이 많으니까, 저놈이 문제를 일으키게 만들지 않는 편이 좋을 거다."

"그럴 리 없어. 가서 네가 하던 그 지루한 일이나 계속해."

리저드가 다시 차분해져서 말했다.

코튼마우스가 코웃음 치더니 성큼성큼 알현실을 가로질러 갔다. 그는 왕좌 옆면에 새겨진 계단을 올라가 왕좌에 자리 잡고, 두 손을 무릎에 올려놓은 채 눈을 감았다.

잠시 침묵이 흘렀다. 리저드는 인간을 노려보더니 갑자기 바닥에서 꼬리를 격렬하게 앞뒤로 흔들었다.

"뭘 하는 거야?"

루나가 물었다.

"모든 생명체를 확인해 보는 거야. 놈은 한 번에 천 개의 몸을 조종하는 자기가 너무 위대하다고 생각해. 하지만 통제할 대상이 늘수록 통제는 훨씬 어려워지지. 통제할 대상이, 뭐랄까, 쥐나 지네보다 똑똑하다면 더 그렇고. 보통은 와스프 여왕이 놈을 돕지만, 와스프는 자기가 독을 주사한 대상만 조종할 수 있어. 그러니 새로운 비단날개와 잎날개는 모두 저놈이 다스려야 해. 계속 밟아 누르지 않으면 놈들이 도망치려 하니까. 물론, 도망칠 수는 없겠지만 도망치려 든다는 거지. 그러면 다시 그들에게 집중해서 이곳으로 날아오게 해야 해. 그래서 지치고 심술궂어지는 거야. 보고 있으면 아주 웃겨."

리저드가 눈알을 굴렸다.

"넌 어떻게 용의 언어를 할 수 있어? 그리고 기억 속에서 코튼마우스와 다른 인간들의 말을 우리가 어떻게 알아들은 거야?"

루나가 물었다.

"난 지난 세월 동안 저놈이 잡아 온 용들에게서 용의 언어를 배웠어. 그리고 넌 이제 우리 정신세계에 들어와 있으니, 우리가 보여 주는 걸 모두 보고 듣고 이해할 수 있어."

리저드는 너무 뻔하디뻔하다는 듯 말했다.

"정신세계?"

더스키가 되물었다.

리저드는 조바심이 난다는 듯 벽 쪽을 가리켰다.

"우리가 갇혀 있는 곳. 우리가 서로 이야기할 수 있도록 우리 정신이 가 있는 곳. 우린 원하는 대로 이곳의 모습을 만들 수 있어."

루나는 알현실의 차갑고 텅 빈 벽을 힐끗 보았다.

"너희 둘 다? 둘 다 선택할 수 있다면, 왜 여기를 실제로 갇혀 있는 곳과 비슷하게 만드는 거야?"

"대신 이렇게 할 수 있겠네."

리저드가 지루한 목소리로 말했다. 갑자기 그들은 비단날개 놀이터에 와 있었다. *직조공 전당*이라고 적힌 학교 앞이었다. 오른쪽으로는 발코니가 사바나의 맑고 푸른 하늘로 트여 있었다. 유일하게 조화롭지 않는 부분은 코튼마우스였다. 그는 이제 미끄럼틀 꼭대기에 같은 자세, 같은 표정으로 앉아 있었다.

"우리 학교인데! 우리 놀이터야!"

더스키가 놀라서 소리 질렀다.

"근데 지루하지. 진짜가 아니니까. 난 여기서 *정말로* 놀거나 진짜 친구를 사귈 수 없어. 그러니 이게 다 무슨 의미야."

리저드가 말했다.

"여길 어떻게 알아? 내 기억을 *가져간* 거야?"

더스키가 휘둥그레진 눈으로 리저드를 보았다.

"아직. 네가 나한테 갖게 해 줘야 한다니까, 이 멍청아. 난 벌집날개의 눈으로 여길 봤어. 여기서 널 봤지. 보고 싶을 때마다 널 지켜보곤 했어."

리저드가 쏘아붙였다.

"소름이야."

더스키가 리저드에게 인상을 찡그리며 말했다.

"소름이 돋는다고 해야지."

루나가 더스키의 말을 고쳐 주었다.

더스키는 '대체 무슨 소리예요?'라는 양념을 지나치게 끼얹어 찡그린 얼굴로 루나를 보았다.

"그러니까 식물에 감염된 모든 존재의 눈을 통해 볼 수 있는 거야? 그러니까…… 지금 당장 다른 누군가에게 뛰어들어서 그 용이 보는 걸 볼 수 있어?"

루나가 리저드에게 물었다.

"그래애애. 알았어. 누구?"

리저드가 똑같이 지루한 목소리로 말했다.

루나가 기대에 차서 말했다.

"이름은 소드테일이야. 비단날개이고 지금은 시케이다 벌집에 있어. 내 동생 블루랑 같이 있을지도 모르고."

"흐으음. 네가 나한테 기억을 넘긴다면 소드테일이 어떤 모습인지 내가 알 수 있어. 그러면 소드테일을 찾기도 쉽겠지."

리저드가 말했다. 그녀는 교활하게 루나를 곁눈질했다.

"그건 안 될 것 같은데. 그렇게 해서 코튼마우스도 기억을 갖게 된다는 뜻이라면 말이야. 거기다 넌 블루랑 소드테일을 확실히 알잖아. 걔들은 최근 일어난 말썽에 전부 참여했어."

루나가 말했다.

"그래, 알아. 코튼마우스가 그렇게까지 화를 내는 건 본 적이 없어. 중풍이라도 걸려서 죽었으면 좋겠다 싶었다니까."

리저드가 연기를 그만두고 말했다. 리저드는 눈을 감고 한쪽 발톱을 관자놀이에 얹었다.

"코튼마우스가 정말로 죽으면 넌 어떻게 돼?"

루나가 물었다.

"내 팔자를 생각해 보면, 나로서는 감당하기 어려운 행복이 겠지. 아마 나도 즉시 죽을 거야, 기뻐서."

리저드가 말했다.

"저기 온다."

갑자기 새로운 곳으로 이동하는 바람에 루나는 현기증을 느꼈다. 잠시 후에야 루나는 시케이다 벌집의 시장을 알아보 았다. 전에는 한 번도 경비병의 발코니에서 그곳을 내려다본 적이 없었으니까. 와스프 여왕의 벽화와 포스터가 여전히 머리 위에 우뚝 솟아 있었고, 불꽃비단실 등잔은 늘 그랬듯 빛 났다. 그러나 으스스한 고요함이 휑뎅그렁한 공간을 채우고 있었다. 바깥쪽 벽을 따라 자리 잡은 가게들은 전부 폐쇄되었 다. 이곳에 서니 설탕의 꿈 가게의 빈 창문이 보였다. 루나와 블루가 루나의 탈바꿈 날에 꿀방울을 사러 간 곳이었다.

앞으로는 영영 못 누릴지 모르는 마지막 평범한 날이었어.

분주한 가판대나 북적거리는 쇼핑객들 대신 시장 중앙에는 수백 마리의 비단날개가 조용하게 자리 잡고 있었다. 그들은 고개를 조아린 채 날개를 아래로 접고 있었다. 몇몇은 작고 날개 없는 새끼 용들을 다리에 기대어 두고 있었다. 비단날개

몇 마리가 용들 사이를 돌아다니며 건조된 해초와 비단실로 묶은 견과류 꾸러미를 나눠 주었다.

발코니 위, 루나 옆에서 리저드가 꼬리를 휙 내리치며 아래쪽 용들을 내려다보았다. 더스키는 리저드의 다른 편에 서서 긴장한 채 난간을 꽉 쥐고 있었다. 코튼마우스는 여전히 눈을 감은 채 벌집 건너편 다른 발코니에 앉아 있었다.

"지금 소드테일 안에 있는 거야?"

루나가 물었다.

리저드가 코웃음 쳤다.

"*하.* 아니, 난 벌집날개 안에 들어와 있어. 소드테일에게 들어가는 건 멍청한 짓이야. 그럼 네 눈에 보이는 건 나뿐일 테니까. 네 멍청한 애인은 저 아래 있어."

리저드가 반대편 출구를 가리켰다. 출구는 벌집의 여러 층을 연결하는 나선형 땅굴로 이어졌다.

입구에 서서 창을 들고 퉁명스러우면서도 멍한 표정을 짓고 있는 용이 소드테일이었다. 바로 옆에는 훨씬 덜 퉁명스럽지만 똑같이 멍한 표정의 블루가 있었다.

루나는 헛숨을 들이켰다. 그들이 여왕에게 통제당하고 있다는 걸 알고 있었음에도- 잘은 몰라도 코튼마우스와 리저드와 악의 숨결에게 빙의당했다고 할 수도 있을 것이다- 그 모습을 직접 보니 마음이 무너질 듯했다.

"소드테일."

루나가 가장자리로 몸을 숙이며 나직하게 말했다. 소드테일은 더 마른 듯했고 너무도 피곤해 보였지만 완벽하게 그 자신이었다. 좀비 소드테일조차 어느 순간에든 우스운 이야기나 웃음을 터뜨릴 것만 같았다. 눈에 깃든 반짝이는 빛이나 입가의 작은 미소도 완전히 사라지지 않았다.

루나가 먼 곳에서 상상한 모습일지도 모르지만. 하지만 루나는 무너져 내리지 않기 위해 상상이라도 해야 했다.

리저드가 루나의 생각을 짐작하고 말했다.

"굳이 저리로 날아가지 마. 쟨 네 말을 못 들어. 내가 같이 가서 이 벌집날개에게 네가 하고 싶은 말을 시키지 않는 한은. 그렇게 되면 쟨 기겁해서 아주 우습게 굴겠지. 벌집날개 경비병이 갑자기 '아아아, 소드테일, 난 널 사아아아랑해, 꾸우우움결 같은 네 주둥이를 좀 봐.'라고 말한다고 생각해 봐. 하! 멋진 생각인데. 해 보자."

"아악, 최후의 방법으로 남겨 둘게."

루나가 몸을 떨며 말했다.

"우리 둘처럼 소드테일도 정신세계로 데리고 들어올 수는 없어?"

루나가 디스키를 가리키며 말했다.

리저드가 부자연스러울 정도로 오래 한숨을 쉬었다. 마침내 리저드가 입을 열었다.

"할 **수는** 있지. 근데 너무 피곤할 거야. 너희가 나랑 같은 방에 있을 때는 쉬워. 하지만 쟤는, 대륙 건너편에 있는 거나 마찬가지잖아! 우웩. 그럴 가치가 없어."

"부탁할게. 잠깐만 이야기하고 싶어. 내가 괜찮다는 걸 알려 주려고."

루나가 말했다.

이 말에 작은 용은 미심쩍다는 듯 루나를 톺아보았다.

"근데 사실 안 괜찮잖아. 넌 심연 밑바닥 고대의 알현실 덩굴에 갇혀 있고, 식물에 감염까지 당했어. 확실히 그 밑에서 죽을 거야. 그런 다음에는 네 뼈가 썩어서 우리 뿌리의 양분이 되겠지. 쟤는 그걸 꽤 우울하게 생각하지 않을까?"

리저드가 지적했다.

루나는 그 말에 뭐라 대답해야 할지 알 수 없었다. 루나는 자신이 정말로 덩굴에 갇혀 있다거나, 심지어 악의 숨결에 감염됐다는 걸 받아들이지 못했다. 루나는 자신이 정말 여기에 있다고, 정말이지 거기에는 없다고 느꼈다. 다른 누군가에게 통제당하고 있는 게 아니라 온전히 자신인 것처럼 느꼈다.

하지만 루나는 사실 이게 자신의 발이 아니라는 걸 알았다. 그저 리저드와 코튼마우스가 만든 이상한 시각적 공간을 떠다니는 자신의 정신일 뿐이라는 걸 알았다. 루나는 마음속으로 덩굴에 갇힌 자기 몸을 그려 내는 걸 격렬히 피해 왔다.

"거기다 우리가 네 동생에게 가서 걜 데려올 수 있을지조차 모르겠어."

리저드가 '이건 완벽히 정상적인 대화야'라는 목소리로 말을 이어갔기에 루나는 그녀를 발코니 밖으로 던져 버리고 싶었다.

"네 동생은 깊은 곳에 파묻혔어. 우리가 네 동생 안에 들어가기 전부터 걘 어떤 것에도 반응하지 않았어. 소드테일이 음식을 먹이려고 노력하고 있었어. 난 *전에도* 블루가 지루하다고 생각했지만, 지금 블루는 *가구나* 마찬가지야. 예쁘긴 한데 엄청나게 지루한 가구."

리저드가 한숨을 쉬었다.

"모든 용들이 지루해. 얼마나 슬퍼하고 울적해하고 한심한지 좀 봐. 아른아른한 비단날개들을 가지고 놀면 모든 게 더 재미있어질 줄 알았는데, 정확히 똑같다니."

"너 정말 못됐다."

더스키가 불쑥 말했다.

리저드가 놀란 표정으로 더스키를 보았다. '아아, 안 돼! 내가 재수 없게 굴고 있는 줄 몰랐어!' 같은 놀람이 아니었다. 그보다는 '아, 너 말도 하고 의견도 있었어? 실망스럽네.' 같은 놀람이었다.

"나도 같은 생각이야. 정말 못됐어. 넌 저 용들이 가엾지도 않아?"

루나가 말했다.

"*재들이 가엾다고? 재들이 가여워? 나랑 장난해?*"

리저드가 갑자기 소리 질렀다.

리저드의 분노가 그들을 알현실로 다시 몰아넣었다. 루나는 진짜 몸이 옆으로 날아가 벽에 부딪히고 덩굴에 목이 졸리는 것을 느꼈다. 루나의 시야가 깜빡이며 정신세계에서 진짜 방으로, 방에서 우글거리는 덩굴로 갔다가 다시 빈 방으로 돌아왔다.

"루나를 해치지 마!"

더스키가 소리쳤다. 더스키가 리저드를 잡으려 했지만 리저드는 더스키를 걷어차더니 식식거리며 날개를 쫙 펼쳤다.

"대체 내가 왜 다른 용을 가엾게 여겨야 하지? 그 용들은 날 수도 있고 친구도 있고 진짜 공기를 들이마시고 진짜 음식을 먹고 *아무도 듣지 않을 때 자기만의 생각을 할 수도 있어!* 그 용들은 자기애에 빠진 괴물 *인간* 안에 영원토록 갇혀 있지 않다고! *내* 인생이야말로 가장 불공평하고 슬퍼! *그 용들이 나를 가엾게 여겨야지!*"

리저드가 비명을 질렀다.

"난 네가 가엾어."

루나는 진짜 알현실이 다시 나타나, 부스럭거리는 잿빛 죽음처럼 어렴풋한 모습을 드러내자 목이 막힌 채로 간신히 내뱉을 수 있었다.

루나의 목에 가해지던 힘이 약간 줄어들었다. 루나는 헐떡이며 숨을 들이쉬었다. 루나는 다시 정신세계의 가짜 알현실로 돌아와 리저드와 더스키를 마주 보고 있었다.

"내 인생이 최악이라는 데 동의해?"

리저드가 미심쩍다는 듯 물었다. 루나는 숨을 쉬어 빠른 심장 박동을 원래대로 돌려놓으려 애쓰며 고개를 끄덕였다.

"우리가 널 꺼내 줄 수 없어? 널 자유롭게 해 줄 방법이 없을까?"

더스키가 화난 새끼 용에게 물었다. 리저드가 꼬리를 휙 내리치며 눈을 가늘게 뜨고 더스키를 보았다.

왕좌의 인간에게서 나지막하게 킬킬거리는 소리가 들렸다. 리저드도 그를 쏘아보았다.

"이것도 살아 있는 거라고 할 수 있다면 말이지만, 우리가 살아 있는 건 그저 이 식물 때문이야. 분리되면 우린 다 죽어. 아무튼, 난 자유로워질 필요가 없어! 여기에 있어야 저놈의 인생을 더 불행하게 만들 수 있으니까."

리저드가 코튼마우스를 향해 혀를 내밀었다.

"넌 나한테 아무 의미도 없어."

코튼마우스가 눈을 뜨지도 않은 채 차갑게 말했다.

"저놈이야 뭐든 원하는 대로 말할 수 있겠지. 하지만 난 놈의 감정을 느껴. 난 놈을 *괴롭혀.* 놈의 뇌 옆에 *존재하는* 것만으로도. 놈의 머릿속을 긁고 다니는 *용이* 있다는 것만으로도. *하루 종일 내 목소리를* 들어야 하지만 놈은 *아무것도* 할 수 없어. 이렇게 많은 힘과 이렇게 큰 생명체를 통제하지만, 놈은 나한테서도 놈에 대한 나의 큰 증오에서도 절대 벗어날 수 없어."

리저드가 말했다.

"너도 인생의 빛나는 한순간만큼은 말썽쟁이가 아닐 수 있겠지."

코튼마우스가 말했다.

그가 일어서서 몸을 흔들어 망토를 벗었다.

"루나라면 작은 쇼를 즐길 것 같은데?"

리저드가 말했다.

"아아, 아아. 또 네 멍청한 기억을 전부 다시 보는 거야? 그런 축복을 누릴 수 있다니! 너한테도 흥미로운 기억이 있었으면 좋았을 텐데. 아, 그래. 넌 기억을 만들기 전에 죽었지."

코튼마우스가 냉정하게 말했다.

리저드가 입을 딱 다물고 주먹을 움켜쥐었다.

"아주 마음에 드는 실험을 할 시간이야."

코튼마우스가 왕좌에서 내려와 두 손을 비비며 말했다.

"뭐더라…… 나의 예전 고향을 너희가 뭐라고 불렀지? 머나먼 왕국? 그래, 그곳 용들에게도 정신 통제가 통하는지 모두가 궁금해한다는 걸 알아. 어디 한번 알아볼까?"

코튼마우스가 손가락을 딱 튕겼다.

방이 접히듯 멀어지더니 새로운 장면이 주위에서 깜빡깜빡 솟아났다. 루나는 벽의 무늬를 보고 그들이 벌집 안에 있다는 걸 알았다. 그곳이 이 벌집의 가장 높은 층이며 바닷가 근처에 있다는 것도 창밖 풍경으로 알 수 있었다. 사바나가 지는 햇빛을 받아 황금색과 녹슨 색으로 변했다. 참새 떼가 호선을 그리며 하늘을 날아다녔다. 루나가 오래전 미술 수업 시간에 짰던 태피스트리 같았다.

윤이 나는 흑요석 왕좌 위에 와스프 여왕이 똬리를 틀고 있었다. 리저드가 와스프의 한쪽 옆에, 코튼마우스가 다른 쪽 옆에 섰다.

　그들 앞에 웅크린 채 악의 숨결 덩굴에 묶여 있는 건 쓰나미, 파인애플, 키블리였다.

~18~

"아아, 안 돼."

루나가 숨죽여 말했다. 루나는 앞으로 달려갔지만, 파이리아 용들은 루나의 존재에 반응하지 않았다. 루나가 그들을 향해 앞발을 뻗자 앞발은 연기로 만들어진 듯 그들을 관통해 떠갔다.

"우린 정말로 여기 있는 게 아니야. 저놈만 빼고."

리저드가 한심하다는 듯 말했다.

"저놈은 와스프의 시종 중 하나에게 들어가 있어."

리저드가 코튼마우스를 꼬리로 홱 가리켰다. 코튼마우스는 이상하게 새처럼 고개를 들고, 고개를 앞뒤 양옆으로 까딱거리며 포로들을 노려보았다.

"뭔가 할 수 있어? 네가 통제권을 잡고 저 용들을 풀어 줄 수 있어?"

루나가 리저드 옆에 웅크리며 애원했다.

"아니. 할 수 있더라도 내가 왜 그러겠어? 난 저 용들에게 아무 관심이 없어. 나랑은 상관없는 용들이야."

리저드가 시무룩하게 말했다.

"내 친구들이야."

루나가 말했다.

"그래서? 난 친구가 하나도 없어. 기억하지? 거기다가, 저 용들이라면 *자기* 기억을 내게 줄 수도 있지."

리저드는 하품하며 하얗고 빛나는 작은 이빨을 내보였다.

루나는 절망의 파도가 사방에서 쏟아지는 걸 느끼며 친구들을 돌아보았다. 이런 일이 일어나는 걸 그냥 지켜만 볼 수는 없었다. 루나가 할 수 있는 일이 *뭔가* 있을 것이다.

"이이제야."

와스프 여왕이 식식대며 들고 있던 그릇을 긴 발톱으로 탁탁 두드렸다. 흰 사기그릇이었다. 루나가 조금씩 가까이 다가가자 바닥에 녹색 잔여물이 한 층 보였다.

"나는 힘을 되찾았다. 이 쓸모없고 끔찍한 벌레들부터 시작해서 내 군대를 늘릴 시간이야."

와스프 여왕은 그릇을 내려놓았다. 꼬리 끝에서 악랄해 보이는 침이 미끄러져 나왔다.

"잠깐."

코튼마우스가 말했다.

"너한테 말을 해도 된다고 허락한 용은 아무도 없는데, 맬러카이트."

와스프가 고개를 휙 돌려 그를 노려보며 말했다.

"맬러카이트가 아니야. 나다. 이 용들에게 말하러 왔다. 내려와라. 안 그러면 네가 네 목을 베도록 만들 테니."

코튼마우스가 거칠게 말했다.

여왕과 현실 세계의 용들은 맬러카이트라는 용을 보고 있었다. 오직 루나와 더스키, 리저드만이 맬러카이트 자리에 서 있는 코튼마우스를 보았다.

여왕의 날개가 윙윙거렸다. 날개가 마찰하면서 거의 들리지 않는 진동이 일었다.

"그럴 수는 없을 텐데."

한참 만에 여왕이 말했다.

"아니, 할 수 있다. 난 더 이상 네가 필요 없다. 내가 너한테 무슨 일을 시킬 수 있는지 알아봐야 할까?"

코튼마우스가 말했다.

와스프 여왕은 이빨을 드러내며 포로들을 한쪽 발톱으로 휙 가리켰다.

"좋다. 꼭 해야겠다면 말해라."

"놈들의 주둥이를 풀어 줘라."

코튼마우스가 경비병에게 명령했다.

와스프가 약간 움찔거리며 발톱을 쫙 폈다.

"현명하지 않은 행동 같은데."

"나는 놈들의 답이 필요해. 놈들은 멍청한 짓을 하지 않을 거다. 자기들이 수적으로 얼마나 불리한지 아니까."

코튼마우스가 말했다.

경비병은 와스프와 코튼마우스를 번갈아 보았다. 흰 막이 그의 눈에 덮이더니, 그가 서둘러 죄수들에게 가서 주둥이를 묶은 끈을 풀었다.

코튼마우스가 앞으로 나서자 파이리아 용들이 그를 쳐다보았다. 쓰나미는 반항하는 듯했고, 파인애플은 불안감에 창백한 초록색과 파란색이 되었으며, 키블리는 신나고 호기심 넘치는 동시에 약간은 지루하다는 가면을 간신히 쓰고 있었다.

"썬듀가 어디 있는지 말해라."

코튼마우스가 명령했다.

"우린 절대 네가 썬듀를 잡도록 돕지 않아!"

쓰나미가 으르렁거렸다. 동시에 키블리는 이렇게 말했다.

"누구?"

잠시 침묵이 흐르더니 쓰나미가 말했다.

"아, 그래…… 누구? 그래. 누구 말이야? 네가 누구 얘기를 하는 건지 모르겠는데. 썬 뭐시기에 대해서는 들어 본 적이 없어."

"좋은 변명이네요."

키블리가 쓰나미에게 말했다.

"썬듀가 너희를 데리러 그 머나먼 왕국까지 간 거냐? 너희 같은 용들이 더 있나?"

코튼마우스가 눈을 빛내며 물었다.

"다른 용들은 내가 한 마리만 있어도 충분하다고 하지만, 그건 악랄한 거짓말이죠. 솔직히, 나는 내가 오백 마리쯤 있어도 사랑스러울 것 같은데."

키블리가 말했다.

"**세 달을** 걸고. 그보다 지치는 일은 상상도 안 된다."

쓰나미가 말했다.

키블리가 정글날개 파인애플의 꼬리를 자기 꼬리로 쿡 찌르며 말했다.

"파인애플도 나랑 같은 생각일걸요. 최근에 파인애플은 여러 번 살아남았어요. 전에는 다른 용을 상대로 기술을 써 본 적도 없는데. 삶이 아무리 많은 키블리를 던져 줘도 파인애플이라면 대처할 수 있을 거예요."

"난 **진짜로** 너를 **어딘가에** 던져 버릴 생각이야."

쓰나미가 투덜거렸다.

파인애플이 눈을 깜빡이며 곁눈으로 키블리에게 미소 지었다. 그의 비늘에서 초록색이 일부 희미해졌다. 그가 심호흡하자 아른거리는 보라색이 귀 주변에 나타났다.

와스프 여왕이 코튼마우스 뒤에서 약간 몸을 떨었다.

"놈들이 더 있다. 누군가가 보이지 않는 용을 훔쳐 갔어."

와스프 여왕이 말했다.

문이야! 썬듀랑 링크스가 문을 구출한 게 틀림없어!

루나가 생각했다.

루나는 다른 셋이 이곳 알현실에 투명하게 존재하고 있을 가능성을 생각해 보았다. 어쩌면 그들이 휙 날아들어 모두를 구할지도 몰랐다! 벽을 따라 수많은 벌집날개들이 도사리고 있다는 게 문제였지만. 그래도 어쩌면, 썬듀가 놈들의 코에 독이 있는 꽃을 쑤셔 넣어 그들을 기절시킬지도 모른다. 그러면 아주 멋질 것이다.

"그게 **썬듀였나?** 썬듀가 바로 이 벌집에 왔는데, 내 뒤에 있는 이 무능한 용이 썬듀가 도망치게 됐다는 거냐?"

코튼마우스가 포로들에게 물었다.

키블리와 쓰나미가 시선을 주고받았다.

"느낌상…… 우리한테 물어볼 말은 아닌 거 같은데요?"

키블리가 말했다.

"다른 일을 시키겠다고 그 비단날개 경비병을 데려간 건 **너야.** 내 벌집날개들은 투명한 용을 지켜볼 장비도 없었어. **네잘못이야.**"

와스프가 코튼마우스에게 내뱉었다.

코튼마우스가 갑자기 포로들 앞에서 사라졌다. 그 자리에는 **빨간** 날개의 주황색 용만이 황당한 표정으로 서 있었다. 벌집날개는 눈을 깜빡이며 주둥이의 얼룩무늬로 앞발을 뻗었다. 그때, 코튼마우스가 와스프가 앉아 있는 곳에 다시 나타났다. 그가 앞발을 위로 뻗어 자기 목을 한 손으로 꽉 쥐었다.

왕좌에서 짧고도 조용한 격투가 펼쳐졌다.

"이건 늘 이상해. 누군가에게 벌을 주려면 코튼마우스는 그 상대방에게 뛰어들어야 하거든. 그러니까 정신세계에서는 코튼마우스가 자기 자신에게 그런 일을 하는 것처럼 보여. 하지만 정말로 아프면 그만둘 거야. 조그만 고통에도 완전히 겁쟁이거든."

리저드가 아무렇지 않게 루나와 더스키에게 말했다.

방금 코튼마우스였던 벌집날개가—루나는 그의 이름이 맬러카이트라는 걸 떠올렸다— 포로들을 내려다보더니 다시 왕좌를 보았다. 잠시 후, 그가 쓰나미 옆에 웅크리고서 발톱으로 덩굴을 끊으려 들었다.

"어떻게 된 거야? 너, 케이티디드를 알아? 내가 대체 얼마나…… 도대체 얼마나 시간이……."

맬러카이트가 쓰나미에게 속삭였다.

"코튼마우스, 또 딴 데 정신이 팔렸잖아."

리저드가 지루한 목소리로 말했다.

코튼마우스가 맬러카이트를 힐끗 보더니 욕설을 내뱉고 여왕을 놓아주었다. 코튼마우스가 맬러카이트에게로 다시 뛰어들자 왕좌에 와스프가 다시 나타났다. 맬러카이트는 숨죽여 **"안 돼"**라고 속삭일 시간조차 없었다. 그렇게 그는 사라졌고, 이번에도 루나에게 보이는 것은 역겹다는 표정으로 쓰나미를 내려다보고 선 코튼마우스뿐이었다.

"봤지? 저놈이 얼마나 화가 났는지 좀 봐. 아주 웃기다니까."

리저드가 루나에게 말했다.

쓰나미가 힘을 주어 덩굴을 당겼지만, 맬러카이트는 쓰나미가 혼자 풀 수 있을 만큼 덩굴을 자르지 못했다.

"끝내 버리지. 네가 이중 누군가를 더 탈출시키기 전에 말이야."

코튼마우스가 말했다.

왕좌에서 와스프가 깊고 번뜩이는 눈으로 그를 노려보았다. 자신의 발톱으로 공격했던 목에서 가느다란 진녹색 핏자국이 스며 나왔다.

"이젠 나한테 계속해도 좋다는 허락을 내려 주는 건가?"

와스프가 으르렁거렸다.

"그래. 짜증 나는 용부터 시작해라."

코튼마우스가 퉁명스럽게 말했다.

"용기가 있다면 *나부터* 해 보시지."

쓰나미가 으르렁거렸다.

"아니, 잠깐만. 그럼 저놈이 말한 게 누구라고 생각한 거예요?"

키블리가 말했다. 키블리는 씩 웃으며 쓰나미를 보았다.

와스프 여왕이 왕좌에서 스르륵 미끄러져 내려와, 꼬리 침을 높이 들어 올리며 그들에게 다가왔다.

안 돼, 안 돼, 안 돼. 썬듀, 어디 있어?

루나가 생각했다.

"리저드, 제발 뭐라도 해 봐! 제발 도와줘!"

루나가 애원했다.

"그만 귀찮게 굴어!"

리저드가 루나에게 쏘아붙였다.

"저 용들이 도망치도록 도와주면 내 기억을 줄게."

루나가 불쑥 말했다.

리저드가 계산하듯 눈을 가늘게 떴다.

"파인애플, 지금이야! 여왕을 노려!"

갑자기 키블리가 소리쳤다.

키블리는 입을 열더니 코튼마우스의 얼굴에 불을 뿜었다. 코튼마우스가 비명을 지르며 사라졌다. 그 자리에는 불을 끄려고 퍼덕거리며 몸부림치는 맬러카이트만 남았다. 동시에 키블리 옆에서 파인애플의 입이 루나가 보았던 그 어떤 용보다 크게 벌어졌다. 검은 액체가 그의 위쪽 송곳니에서 발사됐다. 그 액체가 와스프의 얼굴 전체에 튀고 비늘에 닿으면서 산성 물질처럼 식식 소리를 냈다.

혼란이 터져 나왔다. 와스프는 비명을 질렀고 벌집날개들은 고함을 지르며 서로에게 부딪혔다. 불이 맬러카이트에게서

바닥의 카펫으로, 벽의 태피스트리와 나무밥으로 번졌다. 더스키가 루나에게 달려와 등으로 기어오르며 목덜미에 얼굴을 묻었다. 치솟는 연기 사이로 코튼마우스가 깜빡이며 이 벌집날개에 저 벌집날개로 들어가는 모습이 보였다. 어느 순간 그들 모두가 확 동일한 움직임을 보였다. 눈이 뿌옇게 변했다. 그러다 다시 비틀거리고 눈을 깜빡이며 서로 떨어져 다르게 움직였다.

"와, 이거 **완벽한데**. 코튼마우스는 와스프를 통해서 벌집날개를 통제하지만, 와스프를 통해 저 용들에게 닿으려고 할 때면 얼굴이 녹아내리는 고통을 느껴야 해! 하하, 멋진걸!"

리저드가 신나서 소리쳤다.

루나는 와스프의 발버둥 치는 날개 밑에서 키블리가 굴러나오는 걸 보았다. 와스프가 사방으로 휘둘러대는 꼬리 침을 아슬아슬하게 피하면서. 키블리가 다른 쪽으로 나와 꼬리 가시로 가장 가까운 경비병을 찌르더니, 그녀가 쓰러지자 앞발에서 창을 비틀어 뺐냈다. 아직 덩굴에 감싸인 채로, 키블리는 허리를 숙여 파인애플에게 몸을 굴렸다. 파인애플은 멍하니 충격받은 표정으로 와스프를 보고 있었다.

루나는 그 기분이 어떤 건지 정확히 알았다. 파인애플을 흔들고 끌어안고 "파인애플, 어쩔 수 없었어! 와스프는 저래도

싸! 죄책감 그만 느끼고, 지금 당장 탈출해!"라고 소리쳐 주고
싶었다. 키블리에게서 창을 받아 들어 그들의 덩굴을 베어 주
고 싶었다. *조금이라도 도움이 된다면* 뭐든 하고 싶었다.

알현실 반대편에서는 쓰나미가 꼬리를 휘둘러 다가오는 경
비병들을 쳐 내고 있었다. 불꽃이 쓰나미의 앞발까지 다가왔
지만, 쓰나미는 키블리와 파인애플에게 다가가려 와스프의
꼬리 가시에 얼굴을 찔릴 뻔하고는 서둘러 뒤로 물러났다.

키블리는 창끝으로 파인애플을 감은 덩굴을 어색하게 자른
뒤, 카펫 전체로 번지는 불길을 힐끗 보았다. 루나는 두려움
에 몸을 떨며 *'안 돼! 키블리, 덩굴을 태우지 마!'* 하고 생각했
다. 그러나 키블리가 등을 돌린 걸 보면, 연기의 작용에 대해
떠올렸거나 파인애플에게 화상을 입히는 위험을 무릅쓰지 않
으려는 게 분명했다.

와스프가 얼굴을 움켜쥔 채 비틀거리며 왕좌로 물러났다.
와스프가 깜빡였다. 코튼마우스, 와스프, 코튼마우스, 와스
프. 그런 뒤에는 잠시 코튼마우스가 그 자리에 나타났다. 그
의 인간 얼굴이 고통으로 일그러졌다. 벌집날개 경비병들이
모두 얼어붙었다. 그들의 눈이 대리석처럼 희게 변했다.

*아아, 안 돼. 코튼마우스가 고통을 뚫고 싸우려는 거야. 용들
이 도망치게 놔둘 수 없어서.*

루나가 앞발을 맞잡고 비틀었다.

리저드가 루나 옆에 있다가 미심쩍다는 듯 루나를 쳐다보았다. 리저드가 물었다.

"진심이야? 정말 네 기억을 줄 거야?"

"응! 저 용들이 도망치도록 도와주면, 네가 원하는 게 뭐든 다 줄게."

루나가 말했다.

"나도."

더스키가 속삭였다.

리저드가 사납게 미소 지었다. 그녀가 깜빡이다가 사라지더니 갑자기 알현실 건너편, 맬러카이트가 누워 있던 곳에 나타났다. 리저드가 몸을 던져 일어나며 버려진 칼을 쥐고 쓰나미에게로 달려가 덩굴을 베어 냈다. 조심스럽게 한 일은 아니었다. 리저드가 낸 상처 때문에 쓰나미의 비늘에서 피가 솟아올랐다. 하지만 쓰나미는 풀려났고, 이제는 발톱으로 벌집날개들과 맞서 싸우며 길을 뚫을 수 있었다.

잠시 후, 쓰나미와 리저드가 키블리 옆으로 다가가 그를 감은 덩굴을 잘라 냈다. 이어 파인애플의 덩굴도 베자 정글날개의 비늘은 아른거리며 위장색으로 변했다. 루나는 언뜻 보이는 움직임과 변화하는 색깔로만 그를 알아볼 수 있었다.

파이리아 용 세 마리가 창문으로 달려갔다. 눈이 하얘진 벌집날개들이 그들을 막아섰다. 그들은 10대 3의 불리한 숫자로 싸웠다. 그런 가운데 매캐한 연기가 알현실을 채웠다. 공포스럽게도 루나는 불길이 버려진 덩굴에 이르러, 초록색 연기가 솟아오르는 것을 확인했다.

나가, 빨리.

루나가 기도했다.

"내가 꽤 도움이 된 것 같은데. 감사 인사는 사양할게."

리저드가 만족스러운 미소를 띠며 루나 옆에 나타났다.

알현실 건너편에서 맬러카이트가 비틀거리며 고개를 저었다. 그는 당황한 표정으로 불타는 알현실을 둘러보더니, 돌아서서 벌집의 나머지 구역으로 통하는 아치로 달려갔다.

"하지만 저 용들은 자유롭지 않……."

루나가 입을 열었다. 그때, 키블리가 또 한 번 불길을 쏘았다. 검은 독이 또 한 번 벌집날개 경비병들에게 튀었다. 독이 떨어지는 곳마다 벌집날개가 비명을 지르며 펄쩍 뛰어 비켜섰다. 그들의 눈이 깜빡이며 정상으로 돌아왔다. 경비병 무리 사이로 길이 트였다. 쓰나미가 그 안으로 돌진하여 꼬리와 날개와 발톱으로 벌집날개들을 옆으로 쳐 내더니, 키블리의 앞다리를 잡고 그를 하늘로 던졌다.

쓰나미의 머리 위로 위장된 날개가 빠르게 휙 지나갔고, 쓰나미도 돌아서서 허공으로 날아올랐다. 그들은 사바나 위로, 내리는 어둠 속으로 빠르게 날아갔다.

"쫓아!"

코튼마우스가 왕좌에서 비명을 지르더니 사라졌다. 그 자리에는 와스프만이 남아 발톱으로 자기 얼굴을 할퀴며 분노와 고통에 울부짖었다. 벌집날개 경비병 절반이 도망치는 포로들을 따라 뛰어올랐으나, 그중 다섯은 울부짖으며 다시 바닥에 누워 화상 혹은 독으로 인한 상처를 부여잡았고 나머지 세 마리는 알현실 다른 곳에 쓰러졌다.

"누가 저 용들을 여기서 꺼내 줘야 해. 연기나 불 때문에 죽을 거야. 벌집 전체가 불탈 수도 있어."

루나가 리저드에게 말했다.

리저드가 주둥이에 주름을 잡으며 물었다.

"*네가* 무슨 상관이야? 여긴 시케이다 벌집이 아니라 와스프 벌집이야. 지금 여기에는 비단날개가 한 마리도 없어."

리저드는 귀 기울이듯 잠시 고개를 갸웃했다.

"아, 잎날개들이 아주 많이 오고 있긴 하네. 코튼마우스가 와스프의 도움을 받지 않고도 통제할 수 있는 용들을 데리러 갔어."

"와스프가 죽으면? 그럼 코튼마우스는 벌집날개를 모두 잃는 거야?"

루나가 물었다.

리저드가 생각에 잠겨 말했다.

"아니, 내 생각엔 코튼마우스가 벌집날개를 직접 통제할 거야. 독 정글에서 연기를 들이마신 용들은 놈이 이미 차지했어. 나머지 용들까지 통제하는 게 딱히 어렵진 않아. 멍청한 썬듀를 찾아서 식물을 더 자라게 할 수만 있다면 더더욱."

루나는 바닥에서 뒹구는 벌집날개들을 곧장 통과해서 방을 가로질러 창가까지 갔다. 쓰나미, 키블리, 파인애플은 거의 보이지 않을 만큼 멀어져 있었으나 사방에서 용들이 그들을 뒤쫓아 날아올랐다.

"저 용들이 괜찮은지 어떻게 확인하지?"

루나가 앞발을 맞잡고 비틀며 말했다.

"놈들은 안전하지 **않다. 놈들이 도망치기 전에 내가 그중 하나를 흡수했다.**"

코튼마우스의 목소리가 루나의 머릿속에서 들려왔다.

"**놈들 모두 곧 이곳으로 돌아올 것이다.**"

코튼마우스가 무자비하게 킬킬거렸다.

독 정글

엘로재킷
벌집

와스프
벌집

3장
단합된 발톱

블러드웜
벌집

~19~

"거짓말. 걔들은 빠져나갔어. 빠져나갔다고! 탈출 전에 걔들을 감염시킬 만한 연기는 없었어."

루나가 휙 돌아서며 사납게 말했다.

"아마 그랬겠지. 하지만 그중 한 마리가 감옥에 있을 때 경비병이 건네준 음료를 마셨다. 특별하고 약간 초록색에 쓴맛이 나는 음료였지. 별로 영리하지 않더군. 그러니까, 네 친구 말이야. 나야 대단히 영리했지만."

코튼마우스가 말했다.

루나 앞의 하늘이 움직이며 천천히 녹아내린 끝에 그녀는 다시 알현실로 돌아와 있었다. 이번에는 진짜 알현실, 현재의 알현실이었다. 벽을 뒤덮고 문을 가로막은 덩굴이 그 사실을 말해 주었다. 코튼마우스와 리저드의 껍질이 왕좌 위에 영원토록 굳어진 채 앉아 있었다. 두꺼운 가시덩굴이 루나의 비늘을 누르며 날개와 앞다리와 꼬리와 목을 고정했다. 루나는 태피스트리에 얽혀 들어간 돌 혹은 나중에 먹으려고 싸 놓은 거미줄의 곤충이 된 기분이었다.

옆으로 눈을 돌리자 더스키가 엉켜 있는 게 보였다. 더스키는 눈을 감고 있었다. 약하고 부서질 것 같았다. 덩굴이 머리카락 한 올만큼만 조여들어도 깨질 것 같았다.

"루나! 루나, 어디 있어?!"

크리켓이야!

루나는 몸을 움찔거려 돌아보려 했다. 아주 조금은 움직일 수 있었지만, 그래 봐야 입구가 조금 더 선명하게 보일 뿐이었다. 크리켓의 목소리는 덩굴 반대편에서 들려왔다.

"만지지 마."

브라이오니야.

"저 가시 보여? 저걸 만지는 게 바로 저 식물이 너한테 바라는 행동이야."

"하지만 루나가 저 안에 있는 것 같아. 갇혀 있을 수도 있어. 루나? 루나, 내 말 들려?"

111

크리켓이 말했다.

루나는 고개를 들려고 애썼다. 그때, 덩굴이 루나의 주둥이에서 풀려났다.

"크리켓! 크리켓, 조심해! 덩굴이⋯⋯."

루나가 소리쳤다.

뭔가가 루나의 목을 움켜쥐었다. 루나는 아래를 내려다보려 했으나 목소리를 틀어막는 것이 자신의 근육이라는 것을 깨달았다. 더는 머리를 움직일 수 없었다.

"루나! 루나, 너 괜찮아?"

크리켓이 소리쳤다.

"크리켓, 썬듀를 데려와야 해! 여기 들어올 수 있는 건 썬듀뿐이야."

루나는 자신의 목소리가 하는 말을 들었다.

"하지만 우린 썬듀가 어디에 있는지 모르잖아. 나랑 브라이오니는 도울 수 없는 거야? 루나, 무슨 일이야? 그 안에 더스키도 있어? 더스키는 괜찮아? 우리가 할 수 있는 일이 틀림없이 있을 텐데!"

크리켓이 마주 소리쳤다.

"*부탁이야,* 크리켓. 꼭 썬듀여야 해! 가서 썬듀를 찾아. 서둘러. 난 오래 버틸 수 없어. 썬듀가 오지 않으면 식물이 곧 나를 차지할 거야."

루나의 목소리이긴 하지만 루나는 아닌 존재가 말했다.

"아아, 안 돼. 기다려, 루나."

브라이오니가 조용히 말했다.

"노력할게!"

크리켓이 소리쳤다. 그런 뒤에는 날갯짓 소리가 들리고 침묵이 이어졌다.

루나의 목을 쥔 힘이 풀렸다. 루나는 헛숨을 들이켜며, 정신세계 속의 알현실로 깜빡깜빡 돌아갔다.

코튼마우스가 리저드의 목에 사슬을 감고 목을 장화로 밟아 흙바닥에 고정한 채 왕좌 아래에 서 있었다. 더스키가 그들 옆에 떠서 앞발을 비틀어댔다.

루나는 털썩 주저앉아 웅크리고 앞발에 얼굴을 묻었다. 천개의 구멍이 뚫린 태피스트리가 된 기분이었다. 루나는 일부라도 아직 현실일까? 루나에게 조금이라도 통제권이 있을까? 뭔가가 아직 연결되어 있긴 할까? 루나의 정신이 앞발이나 날개에 이를 수 있을까? 아니면 영원히 그 어디도 아닌 곳을 떠돌아야 하는 걸까?

날 이용해서 크리켓을 속이다니 믿을 수가 없어. 내 목소리가 크리켓을 보내 썬듀를 이 함정으로 끌어들이다니.

루나가 문득 일어섰다.

"끔찍했어. 넌 끔찍한 짐승이야. 대체 넌 어떻게 된 인간이 길래 누군가에게 **그런** 짓을 해?"

루나가 코튼마우스에게 말했다.

"말은 그렇게 하지만 너도 이 힘을 갖고 싶을걸. 누구든 내가 될 기회가 생긴다면 순식간에 그 기회를 잡을 거다."

코튼마우스가 말했다.

"아니야. 내가 아는 용 중에 다른 용을 이런 식으로 통제하고 싶어 하는 용은 하나도 없어."

루나가 말했다.

"하! 와스프 여왕을 보고도 모르겠나! 와스프는 이 동반자 관계를 맺고 짜릿해했다. 와스프한테 이것과 똑같은 일을 하려고 했던 호손과 세쿼이아 여왕도 잊지 마라. 둘은 이 방법이 성공하길 바랐어. 그럼, 그렇고말고. 여기 이 작은 뱀은 말할 것도 없고."

코튼마우스가 내뱉었다.

코튼마우스는 리저드의 목을 발로 더 세게 밟았다.

"와스프는 참 영리한 꼭두각시 조종사야. 안 그러냐? 내가 오랫동안 낮잠을 잤다면, 그래서 네가 모두를 데리고 놀 수 있었다면 넌 아주 좋아했겠지."

"제발, 제발 더 이상 리저드를 해치지 마."

더스키가 말했다.

리저드가 하품했다.

"이놈은 날 아프게 하지 못해. 이건 다 연극이야. 이놈은 실제로 내게 아무것도 할 수 없어. 그러니까 아주 못되게 구는 척해서 자기 답답한 마음을 드러내는 거야. 하지만 난 아무것도 느낄 수 없으니 전혀 의미 없는 짓이지. 이놈이 볼일 다 보면 날 깨워 줘."

리저드가 눈을 감고 코 고는 소리를 냈다.

코튼마우스가 리저드에게서 떨어져, 사슬을 격렬히 방 건너편으로 던졌다. 그는 쿵쿵거리며 왕좌 계단을 올라가 마찬가지로 눈을 감으며 자리에 앉았다.

리저드는 있던 자리에 누운 채 기지개를 켜고 돌에 파고들었다. 그러더니 한쪽 눈을 뜨고 코튼마우스가 사라졌다는 걸 확인한 뒤 벌떡 일어서 날개를 털어 펼쳤다.

"코튼마우스 황제의 오늘 연극은 끝난 것 같네. 이젠 우스꽝스럽게 생긴 용들을 쫓아다니느라 한동안 바쁠 거야."

리저드가 고개를 휙 젖히며 말했다.

"이제 네 기억을 나한테 줄 차례야. 내놔, 내놔, 내놔."

리저드가 발톱을 오므리며 앞발을 뻗었다.

"잠깐…… 먼저 몇 가지 물어볼게."

루나가 말했다.

"안 돼! 약속했잖아!"

리저드가 소리쳤다.

"맞아! 기억은 줄 거야. 그냥 몇 가지 확인하고 싶어서 그래."

루나가 말했다.

"아악. *좋아, 서둘러.*"

리저드는 조바심이 난다는 듯 날개를 퍼덕이더니 발을 구르며 더스키 주위를 돌아다녔다.

"기억을 너한테 넘기면, 우리는 더 이상 기억하지 못하는 거야? 그러니까…… 우린 사라져? 모든 걸 잊거나?"

루나가 물었다.

"아니. 멍청한 질문이네. 기억을 준다는 건 그냥 너희가 멍청한 코튼마우스의 기억을 구경한 것처럼 내가 너희 기억을 볼 수 있다는 뜻이야. 넌 *눈치도 못 챌 거야. 대체 뭐가 문제야.*"

리저드가 말했다.

"하지만 그러면 코튼마우스도 우리 기억을 전부 볼 수 있게 돼? 코튼마우스가 기억을 헤치고 다니면서, 원하는 기억을 아무거나 볼 수 있어?"

루나가 물었다.

"그래. 근데 저놈이 왜 그러겠어? 저놈은 자기가 나오는 장면에만 관심이 있는 놈이야. 자기에 대한 내용이 있는지 네 기억을 훑어볼지는 몰라도 네 친구들이나 가족이나 네가 반한 상대나 네가 신경 쓰는 것에는 전혀 관심이 없을 거야."

리저드가 말했다.

그 말은 사실이 아닐 것 같은데. 난 코튼마우스가 매우 관심을 가질 만한 몇 가지에도 신경을 쓰는걸.

루나가 생각했다.

"번데기는? 코튼마우스가 내 기억을 이용해서 시케이다 벌집 번데기에 속했던 용들을 모두 잡으면?"

루나가 물었다.

리저드가 눈알을 굴리며, 어째서인지 대단히 불쌍하게 여기는 동시에 전혀 공감이 깃들지 않은 표정을 지어 보였다.

"더 이상 번데기는 없어. 머잖아 모든 비단날개는 벌집날개와 똑같아질 거고, 우리가 비단날개를 전부 통제할 거야. 우리가 이미 먼지가 되도록 뭉개 버렸는데 네 조그만 반란 단체에 누가 관심이나 가지겠어? 거기다, 그런 일에 관심이 있는 건 와스프 여왕뿐이야. 와스프는 네 기억을 보지 못할 테고."

"그래?"

"너 너무 멍청하다! 와스프는 나랑 코튼마우스랑 이 탐욕스러운 식물이랑 함께 있는 게 아니야. 식물을 먹으면 유용한 방식으로 식물과 독이 결합되기 때문에 다른 꼭두각시들을 통제할 수 있는 꼭두각시일 뿐이라고."

리저드가 소리쳤다.

그러더니 생각에 잠겨 잠시 말을 멈추었다.

"흐음. 네 수다쟁이 친구에게도 꼬리 독이 있었지. 우리가 그 녀석도 똑같이 이용할 수 있을지 궁금해지네."

루나는 몸을 떨었다. 어떤 세상에서도 키블리가 또 다른 와스프 여왕이 되는 모습은 상상할 수 없었다.

리저드가 어깨를 으쓱했다.

"아무튼 와스프는 코튼마우스가 놔줄 때만 벌집날개들을 다스리는 거야. 와스프는 자기가 코튼마우스와 동급이라고 *생각하지만*, 사실상 코튼마우스의 엄지발가락이지."

루나는 리저드가 때로는 **코튼마우스**라고 말하고, 때로는 **우리**라고 말하는 것이 재미있다고 생각했다.

"넌, 음…… 너만의 엄지발가락이 있어? 그러니까, 너희 둘 다 각자 통제하는 용이 있는 거야?"

루나가 물었다.

리저드가 바닥에 누웠다.

118

"아아아니. 용들은 우리 셋 모두에게 속해 있어. 나, 코튼마우스, 식물. 하지만 적극적인 통제는 코튼마우스가 다 해. 엄청나게 재수 없는 녀석이니까. 내가 하는 건 다 별 가치 없는 일이고. 식물은 너무 멍청해서 자신을 복제하는 것 말고는 아무것도 못 해. 더스키, 난 이 대화가 너어어어무 싫어. 너어어어무 지루해. 루나한테 그만하라고 해."

"거의 다했어."

루나가 말했다. 사실 루나는 몇 년 동안 질문을 계속할 수 있을 것 같았지만. 루나는 크리켓이 늘 느꼈을 법한, 알고 싶은 모든 것에 압도되는 기분이었다.

"이건 중요한 일이야, 리저드. 내가 기억 속에서 뭔가 봤다면 코튼마우스가 그 기억에 들어가서 그 기억을 연구할 수 있을까? 그러니까…… 내가 펼쳐 본 책이라든지. 책에서 내가 읽지 않은 부분이나 단어를 하나하나 기억하지 못하는 부분도 코튼마우스가 읽을 수 있어?"

루나는 이 말이 충분히 애매하면서도 확실한 답으로 이어지기를 바랐다. 코튼마우스가 자신의 기억을 이용해 판탈라에서 파이리아로 가는 지도를 베끼지 못하리라는 걸 확실히 알아야 했다. 루나는 잠깐씩 몇 번 그 지도를 보았을 뿐이고, 확실히 혼자서는 지도를 그릴 수는 없었다. 하지만 코튼마우스가 루나의 머릿속 한 순간을 멈추고 그 지도를 기억할 수 있다면?

리저드는 꼬리를 휙휙 내리치며 잠시 생각했다. 루나는 리저드가 화나서 경솔하게 대답하지 않는 것이 기뻤다. 작은 용은 아마 루나가 원하는 답이 '아니오'라는 걸 짐작했을 것이다. 그런데도 즉시 그 말을 하지 않았다는 건, 리저드가 진실을 말할 희망이 있다는 뜻이었다.

루나는 답이 '예'일 경우 어떻게 해야 할지 알 수 없었다. 이미 리저드에게 기억을 주겠다고 약속했다. 하지만 절대로, 절대로 코튼마우스가 그 지도에 덩굴손을 뻗치게 놔둘 수는 없었다.

"그럴 수는 없을 것 같은데. 인간들이 코튼마우스에게 준 기억을 가지고 코튼마우스가 그 비슷한 일을 하는 건 한 번도 못 봤어."

리저드가 말했다.

"네가 이미 가지고 있는 기억으로 확인해 볼 수는 없어? 책이나 두루마리를 들고 있는 용을 선택해서 내용을 읽을 수 있는지 본다든가?"

루나가 물었다.

리저드는 눈을 부라리며 흙에 발톱을 끌었다.

"난 못 해."

마침내 리저드가 중얼거렸다.

"왜?"

"나한텐 용의 기억이 하나도 **없어**, 알겠냐? 기억을 주겠다고 한 용이 한 마리도 없다고. 용들은 그냥 **우리한테 기억을 주지 않으려** 해. **이유**를 모르겠어. **너무 짜증 나.**"

리저드가 쏘아붙였다.

"하지만…… 아까는 네가 말하기로……."

루나가 눈을 깜빡이며 리저드를 보았다.

리저드가 으르렁거렸다.

"늘 **인간이** 내준 거야. 인간들은 코튼마우스가 일종의 신이라고 생각해서 놈에게 뭐든 내놔. 이토록 오랜 세월 동안 싫다고 한 수호자는 넷뿐이었어. 지금 우리가 데리고 있는 쓸모 없는 녀석을 포함해서. 하지만 사실, 용들은 그렇게 많이 흡수하지 못했어. 처음 3천 년 동안은 여기에 용이 아예 없었고, 이후로 여기에 도착한 용들은 벌집정신에 대해 알아차리고 이 땅에서 식물을 없애 버렸어. 놈들이 우리를 거의 제거했다고. 와스프가 나타나기 전에 우리가 데리고 있던 몇 안되는 용들은 다 코튼마우스를 소름 끼치는 존재라고 생각했어. 실제로 소름 끼치긴 하지. 나에 대해서는 그냥 아기이거

121

나, 더 나쁜 경우에는 코튼마우스의 애완동물이라고 생각했고. 내가 종족의 배신자라도 된다는 듯이 말이야! 그래서 용들은 절대, 절대 기억을 주겠다고 한 적이 없어. 나는 **너무 오랫동안** 나만의 용 기억을 갖고 싶었어."

리저드가 그들을 피해 고개를 숙이며 주둥이를 문질렀다.

"너, **약속했잖아.**"

루나는 어떻게 해야 할지 알 수 없었다. 지도가 안전하다는 걸 확실히 알고 싶었다. 하지만 이 끔찍하고 작은 용이 너무 안타깝기도 했다.

앤 실제로 용으로 살아가는 게 어떤 건지 몰라. 한 번도 태피스트리의 일부였던 적이 없어. 어디에도 짜여 들어가지 못한 실이나 마찬가지야.

"그럼 내 것부터 가져가. 내 책을 읽을 수 있는지 봐."

더스키가 말했다.

리저드가 눈을 빛내며 신나서 더스키를 돌아보았다.

"그럼 승낙하는 거야? 내가 기억을 가져도 돼?"

더스키가 고개를 끄덕이자 리저드는 더스키의 앞발을 잡고 그와 발톱을 얽었다. 오래도록 조용한 침묵이 이어진 뒤, 리저드가 숨을 내쉬며 더스키를 놓아주고 앞발로 관자놀이를 눌렀다.

"와."

리저드가 속삭였다.

루나가 어떤 기분인지 물으려 한 순간, 그들은 갑자기 밝은 햇살에 둘러싸였다. 리저드가 루나 옆에 서서 빠르게 눈을 깜빡였다. 그들은 저 높은 곳, 그물 캐노피 위에 있었다. 비단날개들이 해먹에서 평화롭게 기어다니거나 잠을 자거나 비단을 짜고 있었다.

내 종족이야.

루나의 가슴이 철렁했다. 루나는 벌집날개들에게 얽매이지 않은, 그물에서의 평범한 삶이 어땠는지 거의 잊고 있었다. 아른거리는 비늘 색, 발톱 아래의 부드러운 비단, 주변에서 들려오는 용 가족들의 조용한 조잘거림, 햇빛. 그리웠다.

하지만 이건 단편적인 기억일 뿐이야. 이 용들은 자기 집이나 가족, 일을 스스로 선택한 게 아니야. 그 안에서 행복을 찾았지만, 자유도 가졌어야 해. 진짜로 행복해질 기회도.

루나는 이 벌집을 알아보지 못했지만, 이게 더스키의 기억이라면 블러드웜 벌집일 터였다. 루나는 캐노피 위에서 가볍게 균형을 잡으며 돌아섰다가 너무 작아서 진짜라고 믿을 수 없을 정도의 더스키를 발견했다. 더스키는 연보라색과 은색이 섞인 비단날개의 앞발 사이에 웅크려 앉아 발톱으로 비단실 공을 얽고 있었다.

비단날개가 더스키를 내려다보며 미소 지었다.

"다시 해 보렴, *더스키*."

"아빠."

아기 더스키가 말했다.

"아니, 아니야. *내가* 아빠야. 넌 *더스키*고."

"아빠 히히."

더스키는 아빠의 코를 공으로 톡 때렸고, 아빠는 웃으면서 콧김을 뿜으며 고개를 저었다. 아기가 우스꽝스러운 소리에 재미있어 활짝 웃었다. 더스키가 자신감 있게 말했다.

"나 아빠."

"네가 아빠가 될 수는 없어. 아빠는 대장이야. 그게 나고. 아빠가 어려운 결정을 다 하는 거야. 오늘 저녁으로 뭘 먹을지 같은."

더스키의 아빠가 더스키의 작은 발에 실을 감아 주며 설명했다.

"*바바바!*"

더스키가 소리쳤다.

"우린 바나나가 *없어*, 요 조그만 야만인아. 유감이지만, 오늘도 얌이나 병아리콩이야."

더스키가 꿈틀거리며 아빠의 발에서 빠져나왔다. 더스키는 통통 튀며 비단 그물을 가로질러 방구석에 쌓여 있는 나뭇잎 더미로 갔다. 더스키는 나뭇잎에 몸을 던지더니 잠시 격렬하게 파헤쳤다. 마침내 그는 의기양양하게 매우 갈색으로 변하고 상당히 뭉개진 바나나를 휘두르며 나왔다.

"아, 이런. 죽은 바나나 한 마리가 있었나 보구나. 네가 숨겨 둔 거야? 얼마나 오래전에? 요 말썽쟁이."

아빠가 다시 웃으며 말했다.

더스키가 기분 좋게 말하며 자신을 가리켰다.

"바바바. **나** 아빠."

"흐음. 알겠다, 네 깨뜨릴 수 없는 논리에 따르마."

아빠가 생각에 잠겨 고개를 끄덕였다. 더스키가 종종걸음으로 다가와 아빠의 앞발 사이에 다시 앉으며 곤죽이 된 바나나를 끌어안았다. 아빠가 허리를 숙여 주둥이로 더스키를 쿡 찔렀다.

"사랑한다, 더스키."

이 장면은 시작했을 때처럼 빠르게 사라지며 루나를 정신 세계의 알현실로 다시 내동댕이쳤다.

"으웩. 아악. 웩. 너무 지겨워. 우웩."

리저드가 말했다. 그녀는 바닥에 몸을 던지며 날개로 얼굴을 덮었다.

더스키가 일어서서 허공을 빤히 바라보았다. 발톱이 약간 떨리고 있었다. 루나가 더스키 옆에 웅크리고 그의 등을 두 날개로 덮어 주었다.

"너도 봤어?"

루나가 속삭였다. 더스키가 고개를 끄덕였다. 눈물이 그의 코를 따라 흘러내렸다.

루나가 더스키를 꼭 끌어안았다.

"아, 더스키. 너희 아빠는 참 멋진 분이셨어."

더스키가 다시 고개를 끄덕이며 루나에게 기대어 조용히 울었다.

혹시 이 모든 일이 끝나면 더스키의 엄마를 찾을 수 있을지도 몰라. 화이트스펙 말로는 더스키의 엄마가 비니거룬 벌집으로 옮겨졌다고 했으니까…… 거기서 찾아볼 수 있지 않을까.

루나는 생각했다.

루나는 움찔하며, 마치 미래가 있다는 듯 자신이 여전히 '나중'에 대해 생각하고 있음을 깨달았다. 자신과 더스키가 덩굴에 얽힌 모습이 머릿속으로 밀고 들어왔다.

리저드는 우리가 여기서 죽을 거라고 했어.

하지만 크리켓이 그런 일이 일어나게 놔두지 않을 것이다.

크리켓이 썬듀를 찾을 테고, 둘이 루나와 더스키를…… 어떻게든 데리고 나갈 것이다.

크리켓을 믿고 있다는 걸 깨달으니 너무도 이상했다. 루나는 벌집날개든 아니든, 크리켓이 자신을 이곳에 버려두지 않을 거라는 확신이 있었다.

하지만 우린 지금도 머릿속에 다른정신을 두고 있어. 알현실에서 탈출한다 해도 마찬가지야. 이제 다른정신에 대해, 아주 많이 알지만, 지금도 그들이 흡수한 용을 해방할 방법은 모르겠어.

소드테일과 이야기할 수 있으면 좋을 텐데.

루나는 리저드를 힐끗 보았지만, 작은 용은 확실히 *어떤 감정*을 느끼는 듯했다. 루나는 리저드에게 부탁을 하나 더 하기에 지금은 좋지 않은 때라고 생각했다.

다른 애들은 어떻게 됐는지 궁금하네. 크리켓이 썬듀를 찾을 수 있을까? 키블리랑 파인애플이랑 쓰나미는 무사할까? 썬듀랑 링크스랑 문은 어디에 있는 거지?

길게만 느껴지는 시간이 흐른 뒤에야 리저드는 날개를 들어 올리고 다시 일어나 앉았다. 리저드는 격렬하게 얼굴을 문지르더니 루나와 더스키를 돌아보았다.

"너희에게 신경 쓰는 부모가 있다니 이상하겠네. 별로 용답지 않아."

리저드가 아무렇지도 않게 말했다.

"정말 그렇게 생각해? 용들이 새끼 용에게 신경 쓰지 않는다고?"

루나가 고개를 갸웃했다.

리저드가 '그래, 당연하지'라는 표정을 지었다.

"우린 **파충류**야. 도마뱀은 알에 신경 쓰지 않아. 파충류는 아무것도 사랑하지 않아."

리저드는 놀랄 만큼 악의를 담아 말했다.

"코튼마우스가 너한테 해 준 말 같은데. 인간이 늘 그렇게 생각해 왔던 것일 수도 있고. 하지만 넌 벌집날개의 눈으로 더스키 같은 용을 지켜봐 왔어. 용들이 서로를 사랑할 수 있다는 걸 분명 봤을 거야."

루나가 지적했다.

"복슬복슬한 비단날개들이야 그럴지도 모르지. **대부분의** 용은 아니야. 나 같은 용은."

리저드가 코웃음 쳤다.

"리저드!"

루나가 소리쳤다가, 왕좌에서 코튼마우스가 움찔거리는 걸 보고 목소리를 낮추었다.

"리저드, 이걸 **생각해** 봐. 난 코튼마우스의 기억에서 네 어머니를 봤어. 네 어머니는 널 너무 많이 사랑했기 때문에 **문명 전체를** 불태웠어."

리저드가 입을 열었다가 다시 다물었다. 그녀의 얼굴에서 여러 감정이 싸웠다. 한참 만에 리저드가 말했다.

"그 용은 그냥 인간이 자기 물건을 훔쳐 가서 화가 난 거야. 코튼마우스 말대로 용들은 천성이 폭력적이야. 그 용이 뭔가를 불태우기 시작한 건 본능이었을 거야. 어머니는 나를 **찾아다닐** 수도 있었어! 모든 걸 불태우기 전에 나를 찾으려는 노력을 해 볼 수도 있었다고!"

리저드가 날개를 뒤로 젖혔다. 그녀의 표정이 분노로 굳어졌다.

"그야 모르지. 우리가 아는 건 코튼마우스가 아는 것뿐이니까."

루나가 왕좌의 인간을 꼬리로 휙 가리키며 말했다.

"네 기억도 전부 이 녀석 것처럼 끈적끈적한 것들뿐이야?"

리저드가 더스키를 턱으로 홱 가리키며 물었다.

"그런 것도 있지. 아마도."

루나가 말했다.

리저드는 바람을 뿜으며 앞발을 내밀었다.

"어쨌든 내놔."

"너 혹시 확인…… 그러니까, 확실해……?"

루나가 물었다.

"그래, 그래. 더스키의 도서관 기억에서 책을 봤어. 그냥 더스키 어깨 너머로 책을 읽는 기분이었는데, 기억에서 빠져나오니까 책 내용도 내 머릿속에서 스르륵 빠져나갔어. 뭐든 네가 지키려는 건 괜찮을 거야."

리저드가 조바심을 내며 말했다.

루나는 지금도 이게 좋은 생각인지 알 수 없었지만, 이미 약속을 했고 리저드는 친구들의 탈출을 돕겠다는 약속을 지켰다.

어쩌면 이게 아직 내가 할 수 있는 유일하게 좋은 일인지도 몰라. 지금은 누구도 도울 수 없지만. 리저드에게는 우리 세상의 일부가 되는 게 어떤 기분인지 느껴 볼 기회를 줄 수 있어.

루나가 물러나 앉아 리저드에게 앞발을 내밀었다.

루나에게는 가장 먼저 어떤 기억으로 들어가게 될지 고민할 순간이 잠깐밖에 없었다. 그들은 바로 그 기억 속으로 들어갔다. 누에 전당의 미술실이었다. 루나와 블루, 소드테일과 이오.

루나는 리저드와 더스키도 그곳에 있다는 걸 어렴풋하게 느꼈다. 그들은 높은 보관함 위에 걸터앉아 있었지만, 곧 루

나와 가장 친한 세 친구 옆의 배경으로 희미하게 사라졌다.

"수업이 끝난 뒤에 여기 들어와도 되는 거야?"

블루가 속삭였다.

"탈바꿈 비단 짜기 아이디어를 내는 데 루나의 도움이 필요하단 말이야. 공부를 좀 더 한다고 우리한테 화를 내겠어? 아닐걸."

이오가 신나서 말했다.

"하지만 규칙이……."

"이 점에서는 불분명하지. 어서, 블루. 우리가 뭔가를 망가뜨리지 않는 한 전혀 신경 쓰지 않을 거야. 그렇게까지 걱정하지 말라고, 꼬마 애벌레야."

소드테일이 블루의 옆구리를 엉덩이로 툭 치며 말했다.

블루는 어지럽혀진 비단과 보풀, 낙서가 적힌 쪽지, 실 끄트머리, 흘러내린 염색약을 둘러보았다.

"아아. 내가 정리를 하면 화를 덜 낼지도 모르겠다."

블루가 말했다.

루나가 앉아 있던 탁자 위에서 웃었다.

"그건 너무 웃길 것 같은데. 누에 전당의 모범생, 허락 없이 몰래 청소하다가 말썽꾼의 길로 추방되다!"

"허락을 받아야 할까?"

블루는 발톱을 씹으며 망설였다.

루나가 블루의 머리에 비단 베개를 집어 던졌다.

"아니지! 이 걸어 다니는 설탕 덩어리야. 하고 싶으면 가서 정리해."

동생은 행복한 듯 부산스럽게 빗자루를 가지러 갔다.

"내가 따라갈게. 저러다가 벌집날개 경비병한테 곧장 부딪히지 않게."

소드테일이 말했다.

"고마워, 소드테일."

루나가 마주 미소 지으며 말했다.

그들이 떠나자마자 루나와 이오는 허리를 숙여 탁자 위의 그림을 보았다.

"내 색깔로는 보라색을 쓸까 했어."

이오가 말했다.

"좋은데? 은색 폭포와 보라색 산이지?"

루나가 말했다.

"응. 그리고 물안개에는 보라색 나비도 몇 마리 넣으면 좋을 것 같고."

이오는 블루가 방에 없는지 확인하려고 주위를 휙 둘러보았다. 이오가 속삭이듯 목소리를 낮췄다.

"근데 내 번데기 상징을 어디에 숨겨야 할지 모르겠어."

"흐음."

루나는 고개를 갸웃하며 다시 디자인을 살폈다. 당시는 루나가 번데기라는 비단날개들의 비밀 집단에 대해 알게 된 지 얼마 안 됐을 때였다. 번데기 단원들은 비단에 작은 빨간색 형태를 짜 넣는다는 걸 루나에게 말해 준 게 이오였다. 그 형태는 어떻게 보느냐에 따라 나뭇잎이나 눈물일 수 있었다. 다른 번데기 단원들에게 보내는 조그만 손짓이었다. 우린 여기 있어, 우린 계속 싸울 거야, 우리에겐 서로가 있어, 넌 혼자가 아니야, 하는 손짓.

"폭포 아래 연못에 물고기를 넣으면 어때? 물고기는 보라색일 수 있겠지만, 부분적으로 물에 잠겨 있으니 그 위에 은색 비단을 짜 넣는 거야. 그러면 번데기의 나뭇잎을 물고기 비늘에 숨길 수 있지 않을까?"

루나가 말했다.

"아아아."

블루가 빗자루를 끌고 미술실로 돌아왔을 때 이오가 말했다. 이오는 연필을 꺼내 스케치를 시작했다.

"난 내 작품으로 숲을 짰으면 좋겠어. 아니면 정말로 커다란 태피스트리를 만들거나. 눈이 닿는 곳 어디에나 나무가 있는 거야. 그 나무들을 연결하는 비단날개의 궁전과 놀이터가 사방에 있고, 모든 용들이 행복하고 친절하고 서로를 돌보는 거지.”

루나가 꿈꾸듯 말했다.

블루가 빗자루질을 멈추고 불안한 눈으로 입구 쪽을 힐끗 보았다.

“루나! 나무는 안 돼. 그건 분명한 규칙이야.”

“근데 바보 같은 규칙 같지 않아?”

루나가 물었다.

블루가 앞발을 맞잡고 비틀어댔다.

“난 누나가 난처해지는 게 싫어. 누나한테 나쁜 일이 일어나는 걸 절대 바라지 않는다고.”

미래의 루나가 구경하다가 속으로 한숨을 쉬었다. 가엾은 블루는 지금 루나가 어떤 곤란에 빠져 있는지 상상조차 못 할 것이다.

“알아, 귀염둥이야. 걱정하지 마. 나도 결국은 다른 용들처럼 밤하늘 같은 걸 짜게 될 거야.”

루나가 꼬리로 블루 쪽을 휙 가리키며 말했다.

블루는 안도의 한숨을 내쉬고 다시 빗자루질을 하러 갔다.

이오가 루나에게 새로운 스케치를 보여 주려고 막 허리를 숙였을 때 소드테일이 미술실로 날아 들어왔다.

"조심해, 조심해. 교장이 오고 있어. 다들 숨어!"

소드테일이 서둘러 말했다.

그는 다시 문으로 쏜살같이 나갔다.

이오가 보관장 한 곳에 뛰어들어 문을 닫았다. 루나는 미술실 건너편 블루에게로 빠르게 날아가 그를 붙잡고, 클로린드 선생님이 연습용으로 구석에 모아둔 반쯤 완성된 직조 더미에 블루를 던졌다.

"꼼짝 말고 있어!"

루나가 속삭인 다음, 블루가 완전히 파묻힐 때까지 천 조각으로 덮었다.

"자수해야 하는 것 아닐까? 나쁜 짓은 안 하고 있었잖아."

블루가 마주 속삭였다.

"쉿. 움직이지 *마*, 블루."

루나가 말했다.

루나는 입구에서 가장 먼 구석의 베틀 뒤에 숨었다. 눈 깜빡할 사이, 교장이 미술실 안으로 고개를 들이밀었다. 그는 천천히, 톺아보듯 호선을 그리며 주둥이를 빙 돌렸다. 그의 시선이 빗자루와 탁자에 놓인 이오의 스케치에 머물다가 버려진 천 조각 더미에서 멈췄다. 루나가 보기에는 끔찍하게도,

그는 몰래 방 안으로 들어왔다. 천 조각이 사냥감이고, 그는 사냥감에 몰래 다가가는 사냥꾼 같았다.

"여기 있어요!"

루나가 숨어 있던 자리에서 불쑥 나오며 소리쳤다. 정확히 동시에 소드테일이 소리를 지르며 뛰어 들어왔다.

"죄송해요, 제가 했어요. 다 제 잘못이에요!"

교장은 허공으로 거의 30센티미터는 뛰어올랐다. 그가 휙 돌아서서 둘을 노려보았다.

"방과 후에 여기서 뭘 하는 거냐? 도둑질이나 하는 벌레들 같으니! 당장 교장실로 와라!"

"도둑질이요? 문자 그대로, 저희가 뭘 훔치겠어요?"

교장이 문밖으로 떠밀고 나가자 소드테일이 물었다. 루나는 뒤돌아 블루가 잘 숨어 있는지 확인하고 싶은 충동을 누르며 둘을 따라갔다. 이오가 블루를 안전하게 내보내 줄 것이다.

"왜 저런 거야?"

리저드가 걸터앉아 있던 곳에서 외쳤다. 주변에서 기억이 얼어붙었다. 루나는 몸을 털며 작은 용을 돌아보았다.

"뭘?"

"너랑 네 멍청이. 둘 다 일부러 잡혔잖아! 곤란한 상황이 되려고 자원한 것처럼! 저 날 머리가 안 돌아간 거야? 비단날개들도 머리가 **돌아가긴** 해?"

리저드가 물었다.

"못되게 굴지 마. 둘은 도와주려던 거잖아."

더스키가 끼어들었다.

"돕는다고? 왜?"

리저드는 더스키가 '하마 시체'라고 말하기라도 한 것처럼 되물었다.

"블루가 잡히기 직전이었어. 우린 블루랑 이오가 빠져나갈 수 있게 교장의 주의를 흩어 놓은 거야. 그렇게 이상한 일은 아닌데."

루나는 동생이 틀어박혀 있는 구석을 가리키며 말했다.

"내 생각엔 이상해. 교장이 블루를 잡았으면, **너희가** 빠져 나갈 수 있었겠지."

리저드가 말했다.

"하지만 그렇게 되면 블루는 너무 슬펐을 거야. 나랑 소드테일한테는 그렇게까지 신경 쓰이는 일이 아니었고."

루나가 말했다.

루나도 새로운 비단 더미를 분류하고 염색하는 벌을 받은 1주일이 **그렇게까지** 좋지는 않았다. 그러나 소드테일이 함께 있었기에 그렇게 나쁘지도 않았다.

"거기다 방과 후에 남으라고 블루를 설득한 게 우리잖아. 그러니까 블루만 잡히면 정말 불공평했을 거야."

리저드가 고개를 저으며 인상을 썼다.

"너무 이상해. 쟨 그냥…… 또 하나의 용일 뿐이잖아. 쟤가 슬프든, 뭐가 불공평하든 누가 신경이나 써?"

"그게…… 우린 신경 써. 우린 블루를 사랑하니까."

루나가 말했다.

역겨워! 그 말 좀 그만해!

리저드가 소리쳤다.

리저드는 갑자기 일어나 앉아 머리를 움켜쥐었다. 그들은 갑자기 홱 가짜 알현실로 돌아갔다. 정신세계에서 루나는 공기 중의 이상한 울림을 느낄 수 있었다.

"오, 오오오. 온다. 이건 가져올 가치가 있겠어."

리저드가 말했다.

잠시 울림이 강해지더니, 굉음일 수도 찰칵 소리일 수도 있는 소리가 간신히 들려왔다. 갑자기 파인애플이 루나 옆에 앉아 있었다. 선명한 초록색에, 마비된 것 같은 모습이었다.

～20～

"놀랐지!"

리저드가 소리쳤다.

"파인애플!"

루나가 외쳤다. 루나는 앞으로 펄쩍 뛰어 비틀거리는 파인
애플을 받아 주었지만, 파인애플이 루나보다 크고 무거워 둘
다 바닥에 쓰러지고 말았다.

루나가 일어나 앉아 가만히 파인애플의 얼굴을 쓰다듬었다.

"파인애플, 너 괜찮아? 여기서 뭐 해? 너, 현실에서도 심연
에 있는 거야?"

"아직은 아니야. 하지만 다른 둘과 함께 이리로 오고 있어.

빠르게 날고 있지. **엄청나게 많은** 용이 그 뒤를 쫓고 있고. 어쨌든 자기가 직접 여기로 날아오고 있는 건 아니야."

리저드가 대신 대답했다. 리저드가 코튼마우스 쪽을 고갯짓하며 덧붙였다.

"**저놈이** 나는 거지."

루나는 가슴이 철렁했다.

"아아, 안 돼. 파인애플, 내 말 들려?"

"도대체…… 루나?"

파인애플이 못 알아보겠다는 듯 앞발을 내밀어 자기 눈앞에서 뒤집어 보았다.

"내 날개가 왜 저러는 거지? 난 왜……."

파인애플은 말을 흐렸다가 루나와 눈을 마주쳤다.

"내가 죽은 거야?"

"아니야! 넌 지금도 살아 있어, 파인애플. 식물이 널 차지하긴 했지만 죽지 않았어."

루나가 날개를 쫙 폈다.

"아, 그럼 파이리아 용들에게도 통하는 거구나. 이제 답을 알았네."

파인애플이 말했다.

그가 앞발을 쥐었다가 다시 폈다.

"그러니까 이건 현실이 아니구나. 지금 식물이 내 몸을 통제하고 있다고?"

"응. 엄밀히 말하면 저놈이 하는 거야."

루나가 코튼마우스를 가리키자 파인애플이 아리송하다는 듯 눈을 가늘게 뜨고 인간을 보았다.

"식물이 저놈의 일부야. 저놈이 식물의 일부라고 할 수도 있고. 얘도 마찬가지야."

루나의 말에 파인애플은 혼란스러운 시선을 리저드에게로 돌렸다.

"파인애플, 다른 애들은 어떻게 됐어? 네가 와스프 여왕한테서 도망치는 건 봤는데, 그 다음에는? 문이랑 다른 애들은 다 찾았어?"

"직접 가서 보는 게 빠를걸."

리저드가 무뚝뚝하게 말했다.

루나의 발아래로 땅이 멀어졌다. 사방에 하늘이 나타나자 루나가 놀라 소리쳤다. 순간 곤두박질 치다가 간신히 자세를 바로잡아 다시 기류에 올라탔다.

판탈라의 해변이 아래쪽으로 휙휙 지나갔다. 왼쪽에는 바다, 오른쪽에는 작은 물굽이, 앞쪽에는 반도가 삐죽 튀어나와 있었다. 루나는 간신히 뒤를 돌아보았다. 구름 떼 같은 초록색 용들이 저녁 하늘을 채웠다. 으르렁 강 전쟁터에서 식물에게 통제당한 잎날개들이었다.

바로 위에는 쓰나미가 있었다. 심각한 표정으로 격렬하게 날개를 치는 중이었다. 키블리가 날갯짓 몇 번의 거리만큼 뒤에서 날고 있었다. 그의 시선은 계속해서 양옆의 하늘을 오갔다. 키블리는 파인애플을 보고 있었지만, 루나에게 보이는 것은 소름 끼치게 허공을 나는 코튼마우스였다.

"괜찮아?"

키블리가 외쳤다.

"응."

코튼마우스가 용 안에 들어갈 때마다 버릇처럼 하는 이상한 방식으로 고개를 기울이며 대답했다.

"와스프 여왕한테 한 일에 대해서는 죄책감 갖지 마. 안 그랬으면 와스프가 우리한테 훨씬 더 나쁜 짓을 했을 거야. 너는 우리가 탈출한 이유 그 자체야, 파인애플."

키블리의 이마에 약간 고랑이 파였다.

"응."

코튼마우스가 다시 말했다.

키블리는 더욱 걱정하는 표정이 되었다.

"우리, 어디로 가는 거야? 저놈들을 따돌릴 수 있다면?"

쓰나미가 그들에게 마주 소리쳤다.

"계속 남쪽으로 날아가면 큰 호수에 도착할 거야. 거기에 숨을 수 있는 동굴이 백만 개는 있어."

코튼마우스가 말했다.

"아니, 뭐? 네가 그걸 어떻게 알아?"

키블리가 말했다.

코튼마우스가 천천히 눈을 깜빡이며 주위를 둘러보았다. 그의 시선이 그들과 함께 날고 있는 루나, 리저드, 더스키에게 걸렸다.

"루나가 말해 줬어."

그가 마침내 말했다.

"아, 그렇구나. 판탈라의 지리에 대해서 매일 나누는 평범한 대화였다, 이거지?"

키블리가 물었다.

"맞아."

코튼마우스가 대답했다.

"너희 둘이 이렇게 천천히 움직이는데 저 초록색 용들이 우리를 따라잡지 못한다니 믿기가 어렵다! 그만 **떠들고** 더 빨리 날아!"

쓰나미가 어깨 너머로 말했다.

키블리는 무슨 말을 하려던 건지 몰라도 입을 다물었다. 하지만 그는 걱정스러운 시선으로 파인애플을 곁눈질했다.

"흐음. 지겨워. 파닥, 파닥, 파닥. 이걸 볼 필요는 없어."

리저드가 말했다.

"썬듀가 나타나면? 그건 보고 싶지 않아?"

루나가 물었다.

리저드가 코튼마우스를 보며 인상을 찡그렸다.

"아마도 저놈이 늙은 뱀처럼 흡족해하기 ***전에*** 보면 더 좋겠고."

파이리아의 용 세 마리는 한동안 말없이 날개를 치며 날아갔다. 루나는 더스키를 업고 있는데도, 아무리 오래 날아도 몸이 지치지 않는다는 걸 깨달았다. 리저드도 작은 덩치와 상관없이 쉽게 따라오고 있었다.

그렇겠지. 우린 진짜 여기에 있는 것도 아니고 진짜 날개를 쓰는 것도 아니니까.

"네가 파인애플 안에 뛰어들어서 저 용들에게 말을 걸 수도 있어?"

루나가 리저드에게 물었다.

"코튼마우스가 저 안에 있는 동안은 안 되지."

리저드가 어깨를 으쓱하며 말했다.

"아…… 그럼 혹시 잎날개 중 한 마리한테는?"

리저드는 이게 바보같이 뻔한 일이라는 듯 지적했다.

"잎날개들은 우리를 따라잡지 못해. 코튼마우스가 놈들을 막고 있어. 그냥 이 용들을 남쪽으로 몰아가려고 눈에 보이는 곳에서 날게 하는 것뿐이야."

루나는 그 말이 마음에 들지 않아서 물었다.

"왜?"

"코튼마우스는 썬듀가 따라올 거라는 기대 때문에 용들을 데려가는 거야."

리저드가 다시 눈알을 굴렸다.

"썬듀의 잎말 능력이 정말 그렇게 놀라운 거야? 썬듀한테 너무 집착하는 것 같은데."

루나가 물었다.

"놀랍긴 *하겠지.*"

리저드가 코웃음 치며 앞발을 쫙 폈다.

"나보다 강해. 그건 확실해. 난 식물의 성장 속도를 두 배쯤 늘릴 수 있지만, 그러려면 집중해야 해. 하지만 썬듀는 식물을 *아주 빠르게* 자라도록 할 수 있어. 저놈이 썬듀를 흡수하면 이 대륙 전체를 한 달 안에 악의 숨결로 뒤덮을 수 있을 거야. 확실해."

"으엑."

루나가 말했다. *리저드의 말*을 듣고 머릿속에 떠오른 태피스트리는 정말이지 마음에 들지 않았다. 덩굴이 풍경 전체를 질식시키고 용들은 모두 눈이 허옇게 변해 절망에 빠진 악몽.

그들은 점점 어두워져 밤이 되고 달이 뜨고 나서도 계속 날아갔다. 달 두 개가 바다 위쪽에서 아른거리며 멀리 떨어진 곳의 거대한 용처럼 은빛 꼬리를 드리웠다.

썬듀는 우리랑 같이 오면 안 되는 거였어. 코튼마우스가 썬듀와 썬듀의 능력을 차지할 수 없도록 파이리아에 남았어야 했어.

하지만 코튼마우스를 막을 수 있는 것도 썬듀뿐이야. 썬듀의 잎말 능력이 그렇게 강력하다면, 썬듀를 심연으로 데리고 들어간다는 건 썬듀가 식물을 통제해 파괴할 수도 있다는 뜻이야.

리저드에게도 잎말 능력이 있다니 흥미로웠다. 어쩌면 아주, 아주 오래전에 잎날개들이 리저드의 어머니한테서 능력을 이어받은 걸지도 몰랐다. 다른 부족들도 그렇고.

"잠깐만, 리저드."

루나가 갑자기 어떤 깨달음에 말했다.

"심연에서 움직이는 덩굴은 네가 통제하는 거야? 그러니까…… 그건 코튼마우스가 아니라 네 힘이야?"

"전부 나지."

리저드가 날개를 쫙 펼치고 더 높은 기류로 솟아오르며 말했다.

"내가 없으면 식물들은 그저 평범할 뿐이지. 하하, **맞아,** 이 늙은 놈아!"

리저드가 코튼마우스에게 갑자기 말했다.

"나는 중요하고 쓸모 있어!"

코튼마우스는 굳이 리저드를 돌아보지도 않았다. 바람이 리저드의 말을 쓸어 가 버렸다.

"하지만 그럼…… 입구를 막은 게 **너라는** 뜻이잖아. 현실 세계에서 나랑 더스키에게 덩굴을 감은 것도 너고. *네가* 우리를 가뒀어!"

루나가 말했다.

"맞아. 내가 없으면 코튼마우스는 그렇게 할 수 없어. 그런데 저놈이 나한테 고맙다고 하던가? 내가 얼마나 위대한지 *1분이라도* 생각하느냐고? *아니, 그래도 괜찮아! 나도 네놈 생각을 하지 않으니까!*"

리저드가 우쭐하며 말했다.

"*리저드,* 그 말은 네가 우리를 풀어 줄 수도 있다는 뜻이잖아!"

루나는 어린 용이 자신에게 집중하도록 애쓰며 말했다.

"내가 왜 그러겠어? 더스키를 잡느라 얼마나 고생했는데."

리저드는 루나를 미친 용 보듯 보았다.

"하지만 넌 지금 더스키를 차지했잖아. 더스키는 영원히 네 정신세계에 있어. 그러니까 더스키의 몸은 놔줘도 돼. 내 몸도 그렇고."

루나가 대꾸했다.

"난 더스키가 바로 여기에 있는 게 좋아. 내가 아무 데도 갈 수 없는데 더스키는 왜 가야 해?"

리저드가 시무룩하게 말했다.

"하지만 네가 이런 식으로 놔두면 더스키는 죽지 않을까? 그러면 더스키는 정말 빠르게, 그냥 사라질 거야. 반면에 네가 더스키를 놔주면 더스키는 오래도록 살면서 네 정신세계에 남아 평생 너한테 기억을 주겠지."

루나가 말했다.

"너 정말 골칫덩어리구나! 내 머리 좀 그만 어지럽혀!"

리저드가 소리쳤다.

리저드는 루나에게 혀를 내밀더니, 휙 날아 쓰나미 옆으로 갔다.

뭔가 있어. 상황을 바꿀 방법이. 어쩌면 세상을 보는 리저드의 시선을 바꿀 방법이 있을지 몰라. 우리 기억에 대한 리저드의 반

응 어떤 부분을 바꾸면 돼.

루나가 생각했다.

처음으로 아이디어가 반짝였다. 루나는 날아가면서 조심스레 그 아이디어를 머릿속에서 굴려 보며 리저드의 짧고도 끔찍한 삶과 너무도 길고 외로운 존재에 대해 생각했다.

"쓰나미, 보세요."

키블리가 소리쳤다.

바다날개가 휙 돌아섰고, 키블리는 앞쪽 바닷가의 작은 빛을 가리켰다.

"저게 뭔데?"

쓰나미가 물었다.

"불 같은데요. 이 대륙에는 불을 피울 수 있는 용이 하나도 없고요. …… 문과 루나, 불프로그를 빼면요."

키블리가 말했다.

"그중 한 마리가 판탈라의 모든 용이 찾아올 수 있도록 불을 피웠다면, 내가 그 용을 바다에 처넣고 불가사리로 눈알을 덮어 줄 거야."

쓰나미가 으르렁거렸다.

"하지만 우리한테 보내는 신호일 수도 있어요. 저라면 불을 피우고, 근처에 투명하게 숨어서 누가 나타나는지 볼 거예요.

그렇게 멍청한 계획은 아닌데요."

키블리가 말했다.

쓰나미가 깊이 한숨을 쉬었다.

"그래, 알았어. 확인은 해 볼 수 있지. 하지만 우리를 따라오는 용들이 어둠 속에서 우리 바로 위를 날아갈 수도 있어. 네가 암흑날개라면 좋았을 텐데. …… 와, 내가 이런 말을 하게 될 줄이야! 파인애플, 위장해!"

쓰나미가 소리쳤다.

코튼마우스가 고개를 갸웃하더니, 눈을 가늘게 떴다.

"히히히. 위장할 줄 모르는 거야. **온갖** 바보 같은 색깔로 바뀌고 있어."

리저드가 키득거렸다.

"파인애플?"

키블리가 말했다.

"기분이 좋지 않아."

코튼마우스가 서둘러 말했다. 그는 갑자기 바닷가 쪽으로 방향을 틀었고, 다른 용들도 휙 돌아 그를 따라갔다.

정말 불이었다. 겨우 몇 개의 나뭇가지가 텅 빈 모래밭에서 조용히 타닥거리는 작은 불. 근처에는 달빛에 아롱진 파도가 바닷가로 기어 올라왔다가 다시 물결치며 빠져나갔다. 용의 세 배는 되는 큰 바위들이 흩어져 있었고, 뒤쪽 절벽에는 용이 충분히 숨을 만한 동굴이 곳곳에 패어 있었다.

"어이! 문? 썬듀? 우리야."

쓰나미가 소리쳤다.

"하지만 우린 쫓기고 있으니까……."

키블리가 입을 열었지만 말을 마칠 겨를도 없이 보이지 않는 무언가가 그를 땅에 쓰러뜨렸다. 키블리가 소리쳤다.

"이익! 아야! 이거 공격이야, 포옹이야?"

용 세 마리가 허공에서 나타났다. 썬듀는 불가에 앉아 얼음 날개 발찌를 한데 붙이고 있었고, 링크스가 미소 지으며 옆에 서 있었다. 문이 앞다리와 날개로 키블리를 감싸 안은 채 그의 목에 얼굴을 파묻었다. 문이 너무도 밝은 행복을 뿜어내 불도, 달빛도 필요 없어 보였다.

루나는 잠시 눈을 감아야 했다.

소드테일, 너무 보고 싶어.

"아이고. 최고의 투명 공격이네."

키블리가 문을 꽉 끌어안으며 말했다.

"빠져나왔구나! 괜찮아? 너희…… 너희 맞지?"

썬듀가 소리쳤다.

"당연하지."

쓰나미가 말했다.

"응."

코튼마우스도 약간은 빠르게 말했지만, 아무도 눈치채지 못한 것 같았다.

썬듀가 말을 이었다.

"우린 너희도 구하고 싶었어. 근데 크리켓이랑 루나랑 렌을 걔네끼리 너무 오래 남겨 둬서……."

"걔들이 걱정됐어. 우리가 심연에 가서 와스프 여왕을 무찌르고 너희를 구하러 돌아올 수 있기를 바랐어."

링크스가 대신 말을 마쳤다.

"말 되네. 나도 요즘은 충동적인 일 대신 똑똑한 일을 하는 솜씨가 꽤 괜찮아. 가끔은 말이지. 가끔 한 번씩은. 노력 중이야!"

쓰나미가 말했다.

"남아서 너를 구해 주고 싶었어."

문이 조용한 목소리로 키블리에게 말했다. 이제 그들은 허리를 세워 앉아 있었다. 키블리가 한쪽 날개로 문을 안고 있었고, 둘의 꼬리는 키블리의 독 꼬리 주변으로 조심스레 얽혀 있었다.

"하지만 그때 내가 아주 영리하게 혼자 탈출할 방법을 알아낼 거라고 생각한 거야. 맞지? 내가 어쨌게, 어쨌게. 난 그야 말로 **영웅처럼** 서 있었어. 그동안 파인애플이 우리 모두를 구했고. 맞죠, 쓰나미?"

키블리가 농담했다.

"책에 나오는 영웅들은 너보다 훨씬 말이 적어. 학교로 돌아가면, 나는 '악당들에게 인질로 잡혔을 때 악당을 놀리지 않는 법'이라는 수업을 시작할 거야. 넌 수업을 시작하기도 전에 자동으로 낙제고."

쓰나미가 말했다.

"너무하네. 악당들은 내가 놀리는 걸 **엄청** 좋아한다고요."

키블리가 말했다.

쓰나미가 하늘을 힐끗 보았다.

"숨어야겠다. 이건 꺼 버리고."

쓰나미가 불가로 가서 꼬리와 앞발로 불 위에 모래를 덮었다. 불이 꺼지고 잉걸불은 가려졌다.

"다시 투명해지자. 준비됐어?"

썬듀도 동의했다. 썬듀는 앞발을 내밀고 다른 용들을 힐끗 돌아보았다.

"혹시 헤어지면 전갈 호수에서 가장 높은 나무에서 만나자. 거기가 남쪽 반도에서 가장 큰 호수인 것 같아."

링크스가 말했다.

썬듀가 발찌 다이아몬드를 서로 맞대며 "투명해져라"라고 웅얼거리자 코튼마우스를 포함한 여섯 모두가 깜빡이며 사라졌다. 루나는 아무도 없는 것처럼 보이는 바닷가에 리저드와 더스키와 함께 남겨졌다. 거대한 외로움의 담요가 갑자기 떨어져 숨을 막은 것 같았다.

잠시 루나는 자신이 정말 그들과 함께 있는 게 아니라는 사실을 잊고 있었다. 자신이 대륙 절반은 떨어진 곳에, 어두운 심연 속 덩굴에 고정된 채 다른정신에게 흡수당했다는 사실을.

그곳에서 죽어서, 다시는 애들을 볼 수 없을지 모른다는 것도.

"네가 말했던 그 호수겠다, 파인애플."

키블리의 목소리가 어둠 속에서 말했다.

아! 아직 목소리는 들리는구나!

우린 코튼마우스(파인애플)를 통해서 이 장면을 경험하고 있고, 코튼마우스(파인애플)는 일행과 함께 투명해졌으니까.

루나는 깨달았다.

"너도 그쪽으로 가고 있었다니 좀 이상한 우연이야."

키블리가 말을 이었다.

"크리켓과 루나가 메시지를 남겼어. 거기가 나머지 애들이 간 곳이야. 심연이 그 근처에 있거나, 적어도 둘은 그렇게 생각하는 것 같아."

썬듀의 목소리가 들렸다.

"흐음."

키블리가 생각에 잠겨 말했다.

"다들 날 수 있다면 오늘 밤 최대한 멀리까지 가야 할 것 같은데."

쓰나미의 목소리가 끼어들었다.

"맞아. 렌이랑 다른 애들이 걱정이야. 걔들이 우리 없이 심연에 들어갔다가 무슨 일을 당하면……."

썬듀가 말했다.

"난 준비됐어."

링크스가 말했다. 그녀의 목소리가 루나의 예상보다 더 가까운 곳에서 들려왔다. 루나는 돌아서서 링크스의 앞발을 잡고 서로가 그곳에 있다는 걸 알 수 있었으면 좋겠다고 생각했다. 바다 건너 하늘에서, 처음으로 투명해졌을 때처럼.

"나도."

문과 키블리가 동시에 말했다.

"준비됐어."

코튼마우스가 반 박자 늦게 동의했다.

"아아, 흥미롭네."

리저드가 말했다. 별이 총총한 밤하늘과 해변이 흐려지더니 잿빛으로 변하고, 정신세계의 알현실이 주변으로 밀려들었다. 파인애플은 여전히 루나 옆에 있었다. 그는 멍한 표정으로 정신의 힘을 통해 태피스트리를 한 땀 한 땀 풀어내려는 것처럼 코튼마우스를 바라보고 있었다.

"심연으로 더 많은 용들이 올 거야. **이상한** 용들이! 너희 끌어안기 좋아하는 나비 포옹 괴물들보다 더 정상적이고 가시 돋친 기억을 가진 용들이겠지. 처음으로 우리 알현실이 북적거리겠는걸! 흡수할 용들이 이렇게 많다니."

리저드가 발톱을 맞잡고 문지르며 말했다.

리저드는 이빨을 드러내며 씩 웃었다.

"썬듀가 여길 무너뜨릴 거야."

루나는 최대한 사나운 기세로 말했다.

"그럴 리가. 두고 보자."

리저드가 말했다.

내가 시도할 수 있는 일이 하나 있어. 여기 앉아서 썬듀가 구해 주기만 기다려서는 안 돼. 이 모든 게 썬듀를 잡으려는 함정이니까 더더욱. 아무리 작아 보이는 일이라도 해야 해.

루나는 혼자 생각했다.

"리저드, 새로운 제안이 있어."

루나가 말했다. 리저드가 눈썹을 움찔거리며 루나를 보았
다. 루나는 파인애플을 가리켰다.

"내가 쟤를 설득해서 너한테 기억을 넘겨주게 할게. 그러
면…… 나랑 더스키는 풀어 줘."

~21~

"안 돼. 절대로."

리저드가 말했다. 그녀는 덤으로 하품까지 했다.

"내 말 잘 들어 봐. 넌 비단날개들이 다른 용들과 다르다고 생각하지? 다른 용들은 우리보다 더 거칠고 심술궂고 힘이 셀 거라고 생각하잖아."

루나가 말했다. 루나는 자리에 앉아 날개를 쫙 펼쳤다.

"그래. 확실해. 다른 용들은 서로를 끌어안거나 끈적거리는 헛짓거리를 하지 않아. 나는 코튼마우스의 기억에서 다른 용들을 봤어. 무시무시하던걸! 크고 무서웠어! 이빨이 잔뜩 있고 굶주려 있었다고! 나는 인간을 먹는 용이 **된** 기분을 알고 싫어! 내가 될 수도 있었던 거대한 괴물에 어울리는 기억을 원한다고!"

리저드가 말했다.

"그래서 내가 파인애플의 기억을 주겠다는 거야."

루나가 말했다.

"어……."

파인애플이 루나 옆에서 말했다. 루나는 입을 다물게 하려고 그의 발을 콱 밟았다.

"그걸로는 충분하지 않아. 나더러 널 여기서 나가게 해 달라며? 그 대가로 용 한 마리의 기억을 주고? *참 나.* 절대 안 돼."

리저드가 말했다.

"하지만 넌 언제든 우리를 다시 불러들일 수 있잖아. 앞으로도 계속 우리 몸을 통제하면서 원할 때마다 언제든 여기로 불러올 수 있어. 그냥 우리 몸만 세상에 내보내는 거야."

루나가 간절히 말했다.

루나는 정신세계를 앞발로 가리켰다.

"이 거래에서 충분히 이득을 얻지 못하는 건 *우리*라고 생각해."

리저드가 꼬리를 휙 내리치며 눈을 가늘게 뜨고 파인애플을 보았다.

마침내 리저드가 말했다.

"입구를 막은 건 열어 줄 수 없어. 저건 코튼마우스의 거창하고도 정교한 썬듀 함정이야. 코튼마우스는 절대, 한순간도 네가 여기를 떠나게 놔두지 않을 거야. 네가 미끼니까. 기억하지?"

루나의 날개가 축 처졌다. 루나는 자신이 **단지** 미끼인 건 아니기를 바라 왔다.

"하지만 널 덩굴에서 나오게 해 줄 수는 있어."

리저드가 마지못해 말하고는 고개를 젖혔다.

"나도 널 계속 감고 있는 건 좀 피곤하기도 하고."

루나는 가슴을 조여 오던 감각이 느슨해지는 걸 느꼈다. 숨 쉬기가 얼마나 힘든지조차 깨닫지 못하고 있었다. 루나는 눈을 감고 자신의 몸을, 진짜 몸을 느끼려고 노력했다. 루나는 리저드나 코튼마우스가 바로 그 순간 자신의 몸 안에 있다고 생각하지 않았다. 루나가 알현실에 계속 갇혀 있으면, 그들이 루나를 다른 데 쓸 수 있는 것도 아니니까.

대단한 초능력자 납셨네. 비늘 밑에 불을 갖고 부화한, 운명의 선택을 받은 놀랍고도 희귀한 불꽃비단실이…… 그 능력을 쓰지 못하는 단 하나의 상황에 빠지다니.

루나는 크리켓과 함께 투명해졌을 때 했던 일을 떠올리며, 시각이 아닌 다른 감각에 발을 디뎠다. 숨을 들이쉬어 비늘에 불어넣고, 비늘이 축축하고 미끄러운 덩굴에 닿는 것을 느꼈다. 결국 루나는 진짜 앞발이 벌어지는 것을 느낄 수 있었다. 마침내 날개가 파닥거리며 풀어졌다. 루나는 할 수 있는 한 날개를 넓게 벌렸다.

루나는 눈을 감은 채로 더스키의 차가운 비늘에 닿을 때까지 덩굴을 더듬어 간 뒤, 조심스레 더스키도 풀어 주고 그를 가슴에 꼭 끌어안았다.

"좋아, 좋아."

리저드가 조바심 내며 말했다. 루나의 관심이 정신세계로 돌아왔다. 루나는 눈을 떴다. 루나의 눈은 몇 발짝 떨어진 리저드 옆의 더스키를 보고 있는데, 더스키의 감촉은 품에서 느껴지니 혼란스러웠다.

"이제 거창하고 맹렬한 기억을 내놔. 아아, 네가 죽음의 침을 뱉는 녀석이구나!"

리저드가 파인애플을 눈여겨보며 신나서 앞발을 비볐다.

"네가 죽음의 침으로 용들의 **얼굴을 녹인** 모든 순간을 보여 줘!"

"음······."

파인애플이 루나에게 '이게 맞아?' 하는 시선을 보냈다.

"날 믿어. 리저드한테 알겠다고 말하면 리저드가 네 기억을 볼 수 있어."

루나가 말했다.

"알겠어."

파인애플은 고분고분하게 어깨를 으쓱하며 말했다. 리저드가 그의 앞발을 잡았다. 잠시 후 그들은 루나가 본 것 중 가장 푸르르고 잎사귀가 많은 곳에 서 있었다.

루나는 감탄하며 헛숨을 들이켰다.

아름다웠다. 사방에 나무가, 거대한 나무가, 용 크기의 50배는 되는 나무들이 서 있었다. 사방에 꽃이, 발톱처럼 생긴 연보라색 꽃과 폭동을 일으킨 불꽃비단실처럼 커다랗고 밝은 주황색과 황금색 꽃들이 있었다. 새들도 있었다. 온갖 색깔의 수백 마리 새들 중 일부는 동시에 여덟 가지 색으로 보였다. 루나의 앞발만 한 유리 날개의 나비들도 보였다. 주변 어디에서나 식물과 망고와 바나나와 포유동물과 새들의 냄새가 났다. 포유동물이라고? 아, 그래. 루나는 가장 가까운 나뭇가지에서 졸고 있는 털북숭이 작은 은회색 동물을 발견했다. 공기는 따뜻하고 윙윙댔으며, 나뭇잎을 가로질러 들어오는 햇빛은 어째서인지 똑같은 햇빛인데도 벌집에 내리쬐던 햇빛보다 더 온화하고 평화로웠고…….

"루나, 난 여기가 *너무* 좋아요."

더스키가 숨죽여 말했다.

"여기가 어디야?"

리저드가 물었다.

"머나먼 왕국의 정글."

루나가 추측했다. 루나는 파인애플의 부족이 사는 곳이 정글이라는 걸 알고 있었다. 하지만 정글이 루나가 꿈꾸던 비단날개의 미래와 이렇게까지 비슷하리라고는 상상도 못 해 봤다. 루나는 이 모든 것을 직물 안에 담아낼 수 있을지 알 수 없었지만, 그 일에 기꺼이 평생을 바치고 싶었다.

리저드가 원을 그리며 돌더니 윤이 나는 나무 단상에서 발을 굴렀다.

"곧 전투가 벌어지려는 거야? 누가 공격하려나? 앤 어디 *있는 거야*?"

"저 위에."

더스키가 위를 가리키며 말했다.

그들은 위를 보았다. 단상 바로 너머에 거대한 나뭇잎 해먹이 걸려 있었다. 그 안에 웅크린 채 햇빛에 푹 젖어 있는 것은 잠들어 있는 두 마리 용이었다. 한 마리는 선명한 노란색에 분홍색이 끼얹어져 있었고, 한 마리는 밝은 분홍색에 귀 주변이 노란빛이었다.

"뭐야."

리저드가 소리쳤다.

노란 정글날개가 하품을 하더니 머리 위의 캐노피를 쳐다보았다.

"지금쯤 햇빛시간이 끝났을 텐데."

루나는 목소리로 그가 파인애플이라는 걸 알았다. 그는 무척 잘 쉬고 행복해 보였다.

분홍색 정글날개가 고개를 젓더니 해먹에 더 파고들었다.

"아아냐. 난 파인애플 시간이 더 필요해."

파인애플이 웃었다.

"네 인생 전체가 파인애플 시간이야. 난 언제나 네 곁에 있을 테니까."

"그야 내가 아주 귀여우니까 그렇지. 나무 활공도 아주 잘하고. 왕족이랑 친척이기도 하다고."

분홍색 용은 여전히 눈을 감은 채로 말했다.

"흐음. 그런 게 내 이유였다면, 난 꽤 천박한 용이겠는걸."

파인애플이 말했다.

"아니, 아냐. 넌 **아주** 심오해. 최고로 심오해. 아주 심오해.

너무, 너무…… 심오……."

분홍색 용이 말했다. 그는 말을 흐리며 졸음에 겨워 코 고는 소리를 냈다.

파인애플이 조용히 키득거렸다.

"알았어. 이번 딱 한 번만 네가 나한테 침 흘리는 걸 허락할게. 내가 얼마나 심오한 남자친구인지 알게 될 거야."

"아주 귀여운 침이야."

분홍색 용이 웅얼거렸다.

저 멀리 숲속에서 누군가의 목소리가 외쳤다.

"잠부! *자아아암부우우우!*"

"여기 없어!"

분홍색 용이 다시 일어나며 외쳤다.

"잠부도 없고, 파인애플도 없어! 우리는 그냥 개구리들이야! 개굴, 저리 가!"

루나는 단상으로 날아 내려온 용을 알아보았다. 현재 정글날개와 암흑날개를 둘 다 다스리는 용, 글로리 여왕이었다.

"잠부, 이 바보야."

글로리가 견과를 던지며 말했다. 견과는 분홍색 용의 머리에 맞고 튀어나왔다.

"*햇빛시간은 한참 전에 끝났어.*"

"말했잖아."

파인애플이 씩 웃으며 잠부의 옆구리를 쿡 찔렀다.

잠부는 한쪽 앞다리와 날개를 해먹 가장자리로 축 늘어뜨리며 글로리에게 감정 가득한 표정을 지어 보였다.

"하지만 난 피이이이곤하단 말이야. 피스메이커랑 걔네 친구들을 **아침 내내** 봤어. 새끼 용들은 **너무 에너지가 넘쳐. 기진맥진했다고.**"

"그래, 뭐, 그만하면 괜찮은 편이었어. 잠부, 잘 들어. 난 생추어리에 가야 해. 너도 같이 갔으면 좋겠어."

글로리가 말했다.

"지금 당장? 왜? 무슨 일인데?"

파인애플이 잠부의 어깨에 머리를 얹었다.

"잃어버린 대륙에서 용들이 왔다나 봐. 그 용들이 와서 도움을 요청했대. 곧 여왕들의 모임이 열릴 거야. 거기 도착할 때까지 자세한 내용은 알 수 없지만, 믿을 수 있는 용을 몇 마리 데려가고 싶어."

글로리가 말했다.

"**끄으으으으으으으으으응.** 몇 시간씩 지루한 정치 얘기를 하겠지. 아니 뭐, 알겠어."

잠부가 나뭇잎 해먹에 얼굴을 묻으며 말했다.

"내가 대신 갈게."

파인애플이 말했다.

"아아아. 그럼 난 다시 잘 수 있는 거야?"

잠부가 고개를 들며 속눈썹을 파닥거렸다.

"너만 괜찮다면 나야 상관없지."

글로리가 우아하게 어깨를 으쓱했다.

"저는 상관없어요. 도움을 주고 싶거든요."

파인애플이 말했다.

"**나는** 도움을 주는 대신 *자고* 싶어."

잠부가 말했다.

파인애플이 주둥이로 그를 툭 쳤다.

"넌 도움되는 일을 아주 많이 했어. 우리의 놀라운 여왕님이 여왕이 되도록 도왔잖아. 이젠 내 차례야."

"좋아, 그래, 사랑해, 안녕!"

잠부는 꿈지럭거리며 다시 해먹 안으로 깊이 들어갔다.

파인애플은 해먹에서 빠져나오며 웃었다. 그는 잠시 해먹 옆에 떠서, 앞발을 뻗어 잠부의 한쪽 발을 잡았다.

"나도 보고 싶을 거야."

"심오할 **뿐만 아니라** 고귀하기까지 하네."

잠부가 졸려 하며 중얼거렸다.

"고마워, 파인애플. 너도 순식간에 집에 돌아와서 햇빛을 받으며 자게 될 거야. 내 바람이지만."

글로리는 자기 꼬리에서 작은 파란색 도롱뇽을 쫓아내며 말했다.

이 기억이 아침 안개처럼, 다른 기억들보다 느리게 흘러가며 재스민 향기의 유령을 정신세계에 남겨 놓았다.

"발톱과 촉수를 걸고."

리저드가 그렇게 소리치는 바람에 모두가 펄쩍 뛰었다. 리저드는 관자놀이를 앞발로 움켜쥐고 눈을 꽉 감았다.

"네 기억보다 *나쁘잖아!*"

루나는 파인애플을 힐끗 보았지만, 그는 다시 어딘가 먼 곳에서 머릿속 매듭을 푸는 표정을 짓고 있었다. 그들은 사흘을 함께 날아왔지만, 파인애플은 고향에 있는 누군가를 그리워하는 티를 전혀 내지 않았다. 언제나 너무도 명랑하고 평온하게 굴었다.

그동안 내내 정말 슬펐을 텐데. 난 전혀 몰랐어.

나한테 말해 줬으면 좋았을걸. 잠부랑 소드테일 얘기를 같이 할 수 있었을 텐데. 적어도 내가 파인애플을 안아 주거나 이해한 다고 말해 줄 수 있었을 거야. 아니면 파인애플이 잠부를 사랑하 듯 내가 사랑하는 누군가를 구하려고 이 먼 데까지 와 줘서, 이

169

토록 큰 위험을 무릅써 줘서 고맙다고 말했을 거야.

"널 집으로 데려다줄게, 파인애플. 방법은 모르겠지만, 잠부를 꼭 다시 보게 될 거야. 약속해."

루나가 말했다.

파인애플은 안개에서 빠져나오듯 눈을 깜빡이더니 루나를 내려다보며 미소 지었다. 작은 노란색 햇살이 그의 비늘 전체에서 피어났다.

"알아. 그렇게 될 거야."

파인애플이 말했다.

"없잖아!"

리저드가 소리쳤다. 리저드는 쿵쿵거리며 파인애플에게 다가가 일부러 그의 한쪽 발을 밟았다. 파인애플은 예의 바르게 한발 물러났지만, 그러는 동안에도 리저드는 계속 소리를 질렀다.

"녹아내리는 얼굴이! 하나도! 없잖아! 너는 어떻게 된 용이야? 죽음의 침을 가지고도 **적들의 얼굴을 녹이는** 멋진 일에 그 침을 쓰기는커녕, 끌어안고 초콜릿을 먹고 네 남자친구랑 판다에 관한 노래나 지으며 시간을 보내다니!"

"어, 우아. 그거 완벽한 인생 같은데."

루나는 다시 정글을 떠올리며 말했다. 루나는 초콜릿을 딱

두 번밖에 먹어 보지 못했지만, 거의 꿀방울만큼 훌륭했다.

"난 독침을 써 본 적이 없어. 와스프 여왕을 만나기 전까지는. 그리고 사실 그 일은 꽤 스트레스가 심했어. 내가 보기엔 네가 얼굴 녹이기의 멋짐을 과대평가하는 것 같아."

파인애플이 부드럽게 리저드에게 말했다.

"그야말로 이해가 안 돼!"

리저드가 콧김을 뿜으며 알현실을 가로질러 가더니, 구석에서 토라진 듯 시무룩해졌다.

루나는 자신의 진짜 몸을 다시 느껴 보려 했다. 날개를 펼쳤다가 오므리고 품 안에 있는 더스키의 무게를 느껴 보았다. 여전히 자유로웠다. 그러니 적어도 리저드는 그들을 다시 동굴에 가두는 것으로 화풀이를 하진 않은 셈이었다.

눈을 떠 보니 파인애플이 호기심 어린 눈으로 루나를 지켜보고 있었다. 파인애플이 조용히 물었다.

"왜 저 새끼 용한테 내 머릿속에서 무서운 기억을 찾게 될 거라고 말한 거야?"

"그게 쟤가 기대하는 거니까. 하지만 난 리저드한테 용들이 리저드의 생각과는 다르다는 걸 알려 주고 싶었어. 용의 삶을 산다는 게 정말 어떤 건지 알려 주고 싶었어. 쟨 용으로 살아 본 적이 없거든."

루나가 말했다.

난 리저드를 우리 태피스트리에 짜 넣고 싶어.

루나는 그렇게 생각했지만, 파인애플에게는 그 말이 너무 수수께끼 같고 아리송할지 모른다고 생각했다.

"아, 가엾네."

파인애플이 말했다.

"그리고 난 리저드한테 용들이 대체로 서로를 돌보고 사랑하고 사랑받고 싶어 한다는 걸, 늘 싸우려 들거나 누구를 해치고 싶어 하는 존재가 아니라는 걸 알려 주고 싶어."

루나가 망설이며 심호흡했다.

"최소한, 난 대부분의 용이 그렇다고 믿고 싶어. 가끔은 잘 모르겠지만. 그러니까…… 벌집날개들에 대해서는 잘 모르겠어."

파인애플이 고개를 끄덕였다.

"무슨 말인지 정확히 알겠어. 암흑날개들이 처음 정글에 왔을 때 내 느낌도 그랬거든. 암흑날개들은 온갖 끔찍한 짓을 저지르고서도 자기들만이 가치 있는 용이고 모든 게 자기들 것이어야 하고 모든 용이 어떻게 살아야 하는지 자기들이 결정해야 한다고 생각하더라고. 난 암흑날개들이 우리랑 너무 달라서 문제만 일으킬 거라고 생각했어. 암흑날개를 용서할 생각은 도저히 못 하겠더라."

파인애플은 앞발을 내려다보았다.

"용서했어?"

루나가 물었다.

"노력 중이야. 하지만 암흑날개들은 내 생각보다 우리랑 비슷했어. 안전한 곳에 살면서 자기 가족을 돌보고 싶어 했어. 그냥 다른 부족 용들도 똑같다는 걸 분명하게 설명하기만 하면 됐어. 이젠 글로리가 암흑날개의 여왕이고, 암흑날개들은 자기들이 저지른 잘못을 보상해야 한다는 점도. 어떤 암흑날개들은…… 아직도 그 용들을 *친구*라고 불러야 할지 모르겠지만, 걔들이 더 나아지려고 애쓰고 있다는 건 알아."

파인애플이 아쉽다는 듯 미소 지으며 말했다.

"흐음."

루나는 크리켓이 아닌 다른 벌집날개를 믿는 건 상상으로도 불가능하다고 느꼈다.

"저 소리 들려?"

파인애플이 고개를 들며 귀를 움찔거렸다.

"크리켓이 돌아오는 걸까? 아, 잠깐. 아니다…… 넌 현실 세계에서 내가 있는 곳에 있는 게 아니지. 무슨 일이야?"

루나가 물었다.

"누가 내 이름 부르는 것 같아. 저기요?"

파인애플이 천천히 원을 그리며 말했다.

"파인애플?"

"이번엔 나도 들었어!"

루나가 놀라서 말했다.

"나 여기 있어. 여기…… 이 아래에…… 바로 여기 있어."

파인애플이 말했다.

"아아, 거기구나…… 찾았다. 아주 헷갈렸어."

문이 파인애플 옆에 나타나며 말했다.

문은 눈을 깜빡이며 알현실을, 자기를 바라보는 작은 용들을, 왕좌의 조용한 인간을, 마지막으로 루나를 보았다.

"음, 여기가 어디야?"

～22～

"아아, 안 돼! 문, 무슨 일이야? 어쩌다 식물한테 잡힌 거
야?"

루나가 소리쳤다.

"식물이라고? 난 그런 게 아니라⋯⋯."

문이 말했다. 문의 눈은 초점이 맞지 않았다.

"우리가 잡은 게 아니야."

리저드가 말했다. 리저드는 일어나서 다가와 문을 바라보
았다.

"이 용은 흡수하지 않았어. 세 달을 걸고, 왜⋯⋯ **넌** 어떻게
여기 온 거야?"

"키블리, 쉿."

문이 허공에 대고 말하더니 고개를 저었다.

"파인애플, 네 머릿속에 다른 뭔가가 있지? 난 너를 찾으려고, 음, 그걸 슬쩍 피해서 와야 했어."

파인애플이 고개를 끄덕였다. 문이 파인애플의 앞발을 건드렸다.

"다른정신이 널 잡은 거야? 근데 어떻게?"

문이 물었다.

"내가 와스프 벌집 감옥에 있을 때 마신 음료 때문인 것 같아. 미안. 더 의심했어야 하는데. 키블리랑 쓰나미는 마시지 않았을 거야. 분명해."

"문! 나한테 말해! 여기에 어떻게 온 거야?"

루나가 고집스럽게 말했다.

"너 정말 여기 있는 거야? 진짜 루나야?"

문이 머리를 긁적이며 루나를 보았다.

"맞아."

파인애플이 대답했다.

"다른정신이 내 몸을 조종하는 동안 내 정신이 이리로 옮겨졌어. 여긴 여러 정신이 실제 장소에서처럼 만날 수 있는 상상 속 공간인 것 같아. 정신적인 구조물. 다른정신은 세 개의 다른 정신이 얽혀 있는 존재로 보여. 식물의 정신, 인간의 정신, 어린 용의 정신."

파인애플이 고갯짓으로 리저드를 가리켰다.

"하! 난 5천 살쯤 됐다고, 이 잠꾸러기 고릴라야."

리저드가 말했다.

"루나도 여기 있어. 그러니까 루나도 다른정신에게 잡혀 있는 게 틀림없어. 현실 세계에서 루나를 마주치면 조심해."

파인애플이 말했다.

"그럴 일은 없을 거야. 난 심연에 있어. 문, **넌 어떻게 여기 있는 거야?**"

루나가 물었다.

암흑날개 문은 고통스러울 정도로 오랜 시간 다시 망설이다가, 매우 빠르게 쏟아냈다.

"화내지 마. 난 생각을 읽을 수 있어."

뭐?

뭐라고?

"너…… 난 네가 미래를 볼 수 있는 줄 알았는데!"

루나가 불쑥 말했다.

문이 불편한 듯 꼼지락거렸다.

"그것도 할 수 있어. 어떻게 말해야 할지 고민했어. 꺼내기

어려운 얘기거든. 오랫동안 말하지 않을수록 더 어색해지고. 난 지금도 이런 일을 처리하는 데 형편없어. 나한테 부족한 여러 가지 점 중 하나야. 미안해, 루나."

"혹시 기분이 좋아질지 모르겠지만, 나도 방금 알았어."

파인애플이 말했다.

"불프로그랑 스카이랑 링크스도 몰라. 글로리 여왕님이 최대한 비밀로 해야 한다고 하셨거든."

문이 움찔하며 말했다.

"그동안 내내…… 바닷가에서도, 생추어리에서도, 여기로 다시 날아올 때도…… 내 생각을 들을 수 있었다고? 내 생각 전부를?"

루나의 머리가 핑핑 돌았다.

"나도 그러지 않으려고 했어! 대체로 용들의 생각을 잘 걸러 낼 수 있게 됐거든. …… 그러니까, 백 가지 대화가 내 주변에서 동시에 일어나는 것처럼 느껴지기 때문에 조용하게 만드는 법을 익혀야 했으니까. 네가 직접적으로 나를 *향해서* 생각하지 않는 한, 보통은 듣지 않아."

문이 말했다.

세 달을 걸고.

루나는 문을 향해 *온갖* 것들을 생각했다!

루나는 문이 자신의 능력을 비밀로 한 것에 화가 나는 건지, 자신이 문 주변에서 온갖 못된 생각을 한 것에 죄책감을 느끼는 건지 알 수 없었다.

무슨 말을 해야 할지 고민하고 있을 때 파인애플이 날개로 문의 날개를 스쳤다.

"그럼 지금 넌……."

파인애플이 운을 뗐다.

"우린 잠을 좀 자려고 멈췄어. 그런데 키블리가 나한테 네 정신을 확인해 달라고 했어. 네가 이상하게 행동한다면서. 아, 파인애플. 이제 어쩌지?"

문이 말했다.

"날 묶어서 놔두고 가. 저 존재가 내 머릿속에 있는 한 난 위험……."

파인애플이 말했다.

왕좌에서 목 졸린 분노의 고함이 들렸다. 코튼마우스의 의식이 돌아왔다. 문의 존재를 눈치챈 게 틀림없었다. 그가 벌떡 일어나 문을 가리켰다.

"어떻게? 이게 무슨 마법이지?"

코튼마우스가 소리쳤다.

"아, 이런."

문은 그렇게 말하고 사라졌다.

코튼마우스가 다시 울부짖으며 주먹으로 등 뒤의 돌을 쾅 쳤다. 충격 때문에 돌에 지그재그 모양의 번개 같은 금이 번졌다.

"진짜는 아니야. *아주* 신파적이네."

리저드가 더스키에게 속삭였다.

코튼마우스가 눈을 감자, 루나가 불안하게 물었다.

"뭘 하는 거야? 리저드, 코튼마우스가 현실 세계에서 파인애플이나 문을 해치는 거야? 무슨 일이 일어나는지 볼 수 있어?"

리저드는 어깨를 으쓱하더니 그들의 정신을 어두운 해변으로 돌려놓았다. 하늘에서 비가 쏟아졌다. 사방에서 동시에 천둥이 치는 것 같았다.

젖은 발자국이 동굴 밖에서 질질 끌려다녔다. 루나는 그들이 현재 투명해져 있다는 걸 떠올렸다. 루나는 고함이 들리는 곳으로 달려갔다.

"다들 일어나! 파인애플의 머릿속에 다른정신이 있어!"

키블리가 외치고 있었다.

"거짓말이야! 문의 머릿속에 다른정신이 들어 있어! 감염된 건 문이야! 문이 거짓말을 하는 거야!"

코튼마우스가 마주 소리쳤다.

발톱이 비늘에 엉키는 소리와 아파서 헛숨을 들이켜는 소리가 났다.

"문?"

키블리가 미친 듯이 외쳤다.

"어디 있어? 키블리, 파인애플은 어디 있어?"

쓰나미가 소리쳤다.

"제 생각엔……."

키블리의 목소리가 꺅 소리와 함께 끊겼다.

"썬듀, 우린 파인애플을 봐야 해. 발찌를 써서 파인애플만 빼고 모두를 다시 투명하게 만들어."

링크스의 목소리가 긴급하게 말했다.

번개가 번쩍이며 용 여섯 마리가 있는 바닷가를 비추었다. 썬듀는 동굴 입구에서 발찌를 붙이고 있었다. 링크스가 썬듀 바로 뒤에, 날개가 닿은 채로 있었다. 키블리는 바깥쪽 모래밭에 있었으며 목에 길게 핏자국이 나 있었다. 쓰나미는 몇 발짝 떨어진 곳에 덤벼들 태세로 웅크리고 있었다. 문은 동굴에서 나와 바위 사이로 빠르게 움직이는 중이었고, 파인애플 안의 코튼마우스는 뒷다리를 짚고 일어서서 식식대며 허공을 그어대고 있었다.

"공격하지 마세요! 독을 쓸 거예요!"

키블리가 쓰나미에게 소리쳤다.

"썬듀, 빨리. 지금이야!"

링크스가 소리쳤다.

코튼마우스가 코브라처럼 빠르게 휙 돌아보더니 썬듀에게 덤벼들었다. 링크스가 동시에 앞으로 튕겨 나가며 코튼마우스의 얼굴에 얼어붙을 듯한 공기를 쏘았다. 그는 아슬아슬하게 몸을 굴려 피했고, 냉기는 그의 어깨에 맞았다. 그는 분노의 고함을 지르며 휙 돌아 링크스를 공격했다. 그때 용 다섯 마리가 다시 사라졌다.

"안 돼!"

코튼마우스가 울부짖었다.

그는 썬듀가 있던 자리로 달려들었다. 그의 앞발이 허공을 움켜쥐었다.

"너희에겐 내가 필요하다! 내가 너희의 불꽃비단실을 잡고 있다! 너희가 도망치면 지금 당장 불꽃비단실을 죽이겠다!"

그가 휙 돌아서서 바위벽에 등을 붙이며 씩씩댔다.

"아, 이런. 결국 내가 네 목을 졸라야 할지도 모르겠네."

리저드가 아무렇지 않게 루나에게 말했다.

"저놈이 원하는 걸 **안** 할 수는 없어? 쟤가 말하는 걸 반대

로 할 만큼 넌 저놈을 싫어하지 않아? 저놈이랑 싸우고 *싶지*
않냐고?"

루나가 불쑥 말했다.

리저드가 노려보더니 으르렁거리며 말했다.

"닥쳐. 난 내가 뭘 원하는지 *알아.* 난 내가 원하는 대로 해.
하지만 저놈이 하는 일도 쓸모가 있긴 하잖아! 난 용들의 기
억을 원했고 이젠 기억을 갖게 됐어. 멍청한 기억이긴 해도.
내가 기억을 가질 수 있게 된 건 다 저놈의 교활한 계획 덕분
이고. 내가 왜 *싸워야* 하지? 싸울 *이유가* 없는데."

루나의 친구들이 다시 바닷가에 나타났다. 그들은 파인애
플을 중심으로 몇 발짝 떨어진 채 반원을 그리고 있었다. 키
블리가 가장 가까웠다. 키블리는 앞발에 날카로운 나무 막대
를 들고 있었다. 불을 붙여서 파인애플을 겨눈 채였다. 반원
에서 키블리의 맞은편에는 링크스가 입을 쩍 벌린 채 얼음을
쏠 준비를 하고 있었다.

하지만 코튼마우스의 시선은 자기 맞은편에 있는 썬듀에게
로 향했다.

"거짓말을 하는 거야?"

썬듀가 물었다.

"아니, 내가 루나를 데리고 있다. 네 악마 같은 짐승에게 물

어봐라."

코튼마우스가 말했다. 그가 문을 고갯짓했다.

"사실이야. 루나가 거기, 그러니까…… 정신세계에 진짜 파인애플이랑 같이 있었어."

문이 말했다.

"놈이 크리켓이랑 스카이도 잡았어?"

썬듀가 물었다.

문이 고개를 저었다.

"루나는 어떻게 잡은 거야?"

문이 코튼마우스에게 물었다.

"루나가 심연으로 날아 들어와 내 덩굴에 자기 몸을 던졌다. 비단날개들의 작디작은 두뇌에 대해 다들 하는 말을 증명한 셈이지. 아직 살아 있지만, 계속 그러기를 바란다면 너희가 이리 내려와서 루나와 함께해야 할 거다."

코튼마우스가 심술궂게 말했다.

루나가 꼬리를 휙 내리쳤다.

"그 말 듣지 마."

루나는 친구들이 자기 목소리를 들을 수 없다는 걸 알면서도 그렇게 말했다.

썬듀와 키블리가 시선을 주고받았다.

"우리가 심연에 가기를 바라는구나."

키블리가 분명히 말했다.

"우리가 심연에 가면 루나를 놓아줄 거냐?"

썬듀가 물었다.

"당연하지. 너희 중 하나와 맞바꾼 뒤, 루나는 탁 트인 하늘로 다시 날아가게 해 줄 거다. 내가 누구를 원하는지는 알 텐데."

코튼마우스는 관대한 척 두 팔을 쫙 펼치며 말했다.

"그렇게는 안 되지."

쓰나미가 으르렁거렸다.

썬듀가 쓰나미에게 작게 '잠깐'이라는 몸짓을 했다.

"어쨌든 우리는 심연으로 갈 계획이었어. 이건 어때? 네가 우리를 심연으로 데려가. 무슨 일이 일어나는지 보자."

썬듀가 말했다.

"썬듀……."

링크스가 걱정스럽게 말했다.

"재미있을 것 같군."

코튼마우스가 눈을 빛내며 말했다.

"네가 먼저 날아가. 나머지 우리는 투명해질 거야. 그래야 네 좀비 중 누가 나타나서 우리를 잡아가지 못할 테니까. 심연에 다다르면, 내가 너랑 함께 내려가지. 다른 용들은 안 돼."

썬듀가 말했다.

"아악, 안 돼……."

키블리가 입을 열었고 링크스는 다시 "**썬듀**"라고 말했으며 쓰나미는 으르렁거렸다. 그러나 코튼마우스는 "찬성"이라고 말했다. 그는 하늘을 쳐다보았다.

"비가 그쳐 가는군. 이제 갈까?"

"그 안에 있는 파인애플은 무사해? 계속 날아가도 파인애플은 괜찮을까?"

썬듀가 문을 보았다.

문의 시선이 애매하게 썬듀의 어깨 너머로 흘러갔다. 루나는 문에게서 그 표정을 백만 번쯤 봤다는 걸 깨달았다.

저게 '생각을 듣는' 표정이야. 아니면 '다른 용의 생각에 주의를 빼앗긴' 표정이겠지. 정신세계에서 파인애플과 이야기하고 있는 게 틀림없어.

"파인애플은 괜찮대. 가서 루나를 구하래."

문이 다시 눈에 초점을 맞추며 알려 왔다.

"내 문제가 아니야. 너희는 식물을 없애러 와야 해."

루나는 참지 못하고 항의했다.

루나가 절망적으로 잎날개에게 앞발을 뻗었다.

"썬듀, 제발 저놈이 널 잡게 두지 마. 놈을 막을 수 있는 건 너뿐이야."

하지만 썬듀는 루나의 말을 들을 수 없었고, 루나의 발톱은 연기처럼 무력하게 친구를 통과했다.

～23～

"자, 이게 문제야."

리저드는 그들을 다시 정신세계로 옮겨 놓으며 말했다. 리저드가 루나를 휙 고갯짓했다.

"넌 나더러 코튼마우스와 싸우라지만, 네가 정말로 원하는 건 식물을 죽이는 거잖아. 그 말은 나도 죽어야 한다는 거지. 난 적어도 날 살려 둘 이유가 있는 괴물을 지키겠어."

루나는 한숨을 쉬었다. 리저드의 말이 맞았다. 썬듀가 잎말로 식물을 뭉개 버리는 데 성공한다면 리저드의 의식은 식물과 코튼마우스와 함께 죽어 버릴 터였다.

루나는 정신세계 사원의 바닥에 웅크려 발톱으로 흙에 나무를 그렸다. 리저드에게 진짜 용의 기억을 주고자 했던 아이디어는 루나가 기대했던 것만큼 효과가 없었다. 루나는 리저드가 코튼마우스처럼 비뚤어진 관점이 아닌, 다른 용들에게 연결되어 용의 시점에서 용들을 다시 이해하기를 바랐다.

루나에게는 효과가 있는 방법이었다. 루나는 짧은 기억 두 가지만으로도 더스키와 파인애플에게 더 가까워졌다고 느꼈다. 정글을 보자 큰 희망에 차기도 했다. 루나는 그런 공간이 어딘가에 있다는 걸 아는 것이, 평화롭고 친절하게 사는 게 **가능하다**는 걸 아는 것이 좋았다. 와스프 여왕과 다른정신에게서 살아남으면 비단날개들도 그런 집을 지으려 노력할 수 있을 것이다.

하지만 그건 리저드의 기분을 더 상하게 할 뿐이었다. …… 심지어 연결되었다는 느낌은 오히려 줄어들었을 것이다. 리저드는 절대 그곳에 갈 수 없고, 절대 그런 삶을 살 수 없으니까.

"우리 기억은 미안해, 리저드."

루나가 말했다.

"그래야지."

리저드는 더스키를 끌고 와 둘 모두를 루나 옆에 털썩 내려놓으며 말했다. 화가 난 작은 용 리저드가 흙에 원을 그리자 더스키가 허리를 숙여 주변에 햇살을 그려 넣었다.

"너희는 모두 다른 용들을 위해 뭔가 하면서 시간을 보내는 것 같은데. 끌어안거나. **너무 많이 끌어안아.** 으웩."

리저드가 살짝 몸을 떨었다. 더스키가 리저드 앞에 구불구불한 선을 그리자 리저드가 그 선에 날개를 덧붙였다.

"나한테 기억을 주겠다고 한 용이 세상에서 가장 지루한 용 세 마리라니, 내 팔자야."

"내 말은 우리 기억이 널 슬프게 했다면 미안하다는 거였어."

루나가 말했다.

리저드는 루나가 본 것 중 가장 분노한 표정을 지었다.

"난 슬프지 않아! 네 기억은 날 슬프게 하지 않았어! 무슨 그런 이상한 말을 하지! 내가 왜 슬퍼?!"

"아무도 널 안아 준 적이 없으니까?"

더스키가 추측했다.

"그건 상관없어!"

리저드가 더스키를 떠밀어 더스키가 옆으로 넘어졌다.

"난 누구에게도 **불을** 붙여 본 적이 없어! 한 번도 전쟁터로 날아들거나 인간을 먹거나 누군가를 찌른 적이 없어! 내가 슬픈 건 그래서야! 난 진짜 용 같은 일을 하고 싶다고! 아무튼

난 슬프지 않아. 닥쳐!"

"끌어안는 게 그 모든 일보다 나아."

더스키가 다시 일어나 앉으며 말했다.

"**토** 나와."

리저드가 쏘아붙였다.

"해 볼래? 진짜로 누가 안아 주면 끌어안는 게 더 좋아질 수도 있어."

더스키가 물었다.

"진짜가 아니잖아! 이건 하나도 진짜가 아니야!"

리저드가 소리쳤다.

"하지만…… 비슷하긴 할 거 아냐? 내가 안아 줘도 돼?"

더스키가 물었다.

리저드는 사납게 노려보더니 날개로 자기 몸을 껴안으며 어깨를 웅크렸다.

"좋아, 하지만 이제부터 끌어안는 것이나 슬픈 느낌에 대해서 입을 다물겠다고 약속해."

더스키는 아직 안아 줄 날개가 없었지만, 아무리 작아도 리저드보다는 컸다. 더스키의 앞다리가 접힌 리저드의 날개에 꼭 맞았다. 그는 리저드의 머리에 턱을 얹었다.

잠시 후 리저드가 투덜거렸다.

"흠. 바보 같네."

하지만 리저드는 더스키를 밀어내지 않았다. 루나는 잠시 둘을 지켜보며 5천 년 동안 반쪽짜리 삶을 살아온 끝에 처음으로 누군가에게 안기면 어떤 기분일지, 리저드가 파인애플과 더스키와 루나의 기억을 전부 머릿속에 담고 있으니 세상을 조금이라도 다르게 보게 될지 궁금했다.

루나는 방을 가로질러 파인애플 옆에 웅크렸다.

"더 많은 기억이 필요할 것 같아."

루나가 낮은 목소리로 파인애플에게 말했다.

파인애플이 졸린 듯 루나를 보며 눈을 깜빡였다.

"리저드한테 줄 기억? 우리 기억은 다 준 거 아냐?"

"응, 근데 그걸로는 충분하지 않은 것 같아. 리저드는 우리가 부족의 특성상 보통 용과 다른 거라고, 대부분의 용들은 자기가 생각하는 그대로라고 믿을 수 있어. 더 다양한 부족 용들의 기억을 보여 줘야 해. 근데 기억을 어떻게 가져올지 모르겠어⋯⋯. 식물에게 흡수당하는 일에 자원하라고는 누구에게도 말하고 싶지 않아."

루나가 발톱으로 흙을 파고들었다.

"벌집날개는 이미 많잖아? 그중 한 마리가 기억을 줄 수 있지 않을까."

파인애플이 말했다.

"하지만 벌집날개들의 기억이 리저드의 예상대로 *정말로* 나쁘면? 그러면 내가 하려던 일이 모두 뒤집혀."

루나가 걱정했다.

루나는 잠시 생각한 뒤 천천히 말했다.

"혹시…… 문이 도와줄 수 있을까? 독심술이 어떻게 이루어지는지 모르지만, 혹시 말이야."

"문이 내 상태를 확인하러 오고 있어. 문이 돌아오면 물어볼게."

파인애플이 말했다.

"고마워, 파인애플."

루나는 미소 지으며 날개로 그의 날개를 스쳤다.

루나는 눈을 감고 진짜 몸이 느껴질 때까지 비늘 너머로 감각을 뻗어 더스키를 더욱 꼭 끌어안으며, 그가 어떻게든 이 포옹을 느낄 수 있기를 바랐다. 진짜 몸에서는 발아래 얼기설기 엉킨 미끄러운 덩굴이 느껴졌다.

또 뭘 할 수 있지?

발목에서 따뜻함이 느껴졌다. 루나는 자신의 발목이 어둑한 회녹색 무덤 속에서 밝게 빛나고 있으리라 확신했다.

예언은 왜 나를 이 아래로 보냈을까? 왜 우주가 나한테 불꽃

비단실을 주고 나를 괴물 앞에 두었을까? *내가 불꽃비단실을 쓸게 아니라면?*

어쩌면 결국 세상을 바꾸는 건 내가 아니기 때문일지도 몰라.

어쩌면 난 여기 앉아서 다시 구출되기만을 기다려야 하는 걸지도 몰라.

루나는 진짜 발톱을 덩굴에 박아 넣으며 자신이 남긴 구멍 주변으로 수액이 스며 나오는 것을 느꼈다.

내가 덩굴에 불을 붙이면 정말로 연기가 브라이오니 일행이 있는 곳까지 솟아오를까? 동굴에 있는 모두가 감염되어 흡수될까?

하지만 불이 이 아래에 있는 식물을 전부 파괴해 버리면 더 이상 누군가를 통제할 존재도 남지 않잖아?

루나는 그런 모험을 해도 안전할지 확신할 수 없었다. 다른 정신이 계속 살아남아서, 식물 뿌리가 어디에든 조금이라도 살아 있으면 다시 그 능력을 이용할까?

"리저드, 원한다면 우리가 기억을 더 가져다줄 수 있어."

파인애플이 말했다.

루나는 눈을 뜨고 파인애플이 리저드 옆에 웅크리는 것을 보았다. 리저드는 꿈틀꿈틀 더스키의 포옹에서 벗어났지만, 여전히 더스키 근처에 앉아 꼬리를 가볍게 맞대고 있었다. 문이 긴장한 듯 시선을 코튼마우스에게 고정한 채 파인애플 옆에 머물러 있었다.

리저드가 일어나 앉았다.

"그게 가능해? 어떻게? 네가 다른 용들을 감염시킬 거야?"

"아니, 그런 일은 없을 거야. 하지만 문이 통로가 될 수 있을 것 같아. 누군가의 기억을 전부 줄 수는 없지만, 문이 같이 날아다니는 용들과 연결을 맺고 그 용들이 너랑 나눌 기억을 선택하는 거야."

파인애플이 진지한 눈으로 리저드를 보며 말했다. 파인애플은 왕좌의 조용한 인간을 힐끗 보았다.

"가능하다면 너랑만. 이 방법이 어떻게 작동할지 정확히 모르겠지만."

"그래, 그래. 내놔, 내놔…… 잠깐."

리저드가 즉시 앞발을 내밀며 말했다.

그러나 리저드는 다시 물러나며 의심스러운 듯 파인애플을 보았다.

"그 대가로 뭘 원해? 루나를 놔줄 수는 없어."

파인애플이 어깨를 으쓱했다.

"거래가 아니야. 우린 지금 날아가고 있으니까 별로 어려울 것도 없어. 루나는 그 기억들이 널 행복하게 해 줄 거라고 했고. 그러니까…… 안 될 것도 없잖아?"

그 문장에 당황해 리저드는 침묵에 빠졌다. 리저드는 흙을 내려다봤다. 자신이 이상하게 생긴 나비를 그려 놓은 곳이었다. 그 옆에는 더스키가 다른 나비를 그려 날개를 서로 맞닿게 해 놓았다.

"좋아. 아무튼, 그래. 가져갈게."

리저드가 말했다.

리저드는 앞발을 내밀었다. 파인애플이 한쪽 발을, 더스키가 다른 쪽 발을 잡았다. 문은 파인애플의 다른 발을 자기 발사이에 끼워 넣었고, 루나가 더스키의 빈 앞발을 잡아 사슬을 만들었다.

문이 눈을 감자 리저드가 말했다.

"잠깐! 난 사나운 것만 원해! 포옹은 말고!"

갑자기 그들은 정글로 돌아와 있었다. 하지만 이번에는 밤이었고, 세 달이 하늘에 넓게 흩어져 있었다. 다른 기억들보다 흐릿했다. 유리에 그린 그림이나 빗속에 버려 둔 스케치 같았다. 개구리와 곤충과 나무, 모두가 오케스트라인 듯 경쟁적으로 연주하며 숲을 소음으로 채웠다.

리저드보다도 크지 않은 아주 작은 검은색 용이 달빛 웅덩이에 앉아 별을 쳐다보고 있었다.

"임페리얼."

그녀가 가장 큰 달을 가리키며 속삭였다.

그녀의 발톱이 하늘을 가로질러 다음 달을 가리켰다.

"오라클. 그리고 퍼셉션."

그녀는 앞발을 내리고 날개로 자기 몸을 끌어안았다.

"나 기억했어."

문은 오라클을 올려다보며 속삭였다.

"엄마가 곧 올 거야."

잠깐 시간이 지난 뒤, 그녀는 달에서 고개를 돌렸다.

"엄마는 노력하겠다고 했어."

작은 검은색 날개가 파닥였다.

"오늘 밤에 오지 않으면 내일은 올 거야. 그다음 날이나."

또 한 번의 침묵.

"엄마는 언제나 돌아와."

루나는 어떻게 자신까지 문의 감정을 느끼는 건지 알 수 없었지만, 외로움을 견디기 어려웠다. 이 용은 이토록 거칠고 시끄러운 공간에 혼자 남겨지기에는 너무 작았다.

또 한 순간이 흐른 뒤 작은 문이 더욱 조용하게 말했다.

"난 괜찮을 거야."

차가운 바람이 루나의 발톱을 스치고 지나가더니, 따뜻한 정글이 옆으로 밀려나고 끝없는 눈 언덕이 펼쳐졌다. 누군가 작은 눈 요새를 만들어 두었다. 아마 그 주위를 뛰어다니는 다섯 마리 흰색과 파란색 새끼 용 중 한 마리일 것이다. 서리의 숨결로 요새를 강화하여 겨울 햇살을 받아 빛나도록 해 놓기도 했다.

"이건 **우리** 요새야!"

새끼 용이 벽을 기어 올라가 꼭대기에 앉아서 아래쪽을 노려보며 소리쳤다. 그 용은 고드름을 발톱으로 깎아 만든 비스듬한 왕관을 쓰고 있었다.

"가서 네 요새를 만들어!"

"아니, 이 요새를 빼앗아야겠는데."

가장 큰 새끼 용이 옆의 용 옆구리를 쿡 찌르며 말했다. 옆에 있던 용이 가장 작은 새끼 용에게 덤벼들었다.

"하하, 이젠 인질을 잡았다!"

잡힌 새끼 용은 꺅 소리를 지르며 몸부림쳤다. 루나는 그 용의 주둥이에 주근깨처럼 흩뿌려진 파란 비늘을 알아보았다. 링크스였다.

"요새를 넘겨라, 스노펄. 아니면 이 애를 바다에 던져 버리겠다!"

"그럼 바다코끼리가 애를 먹어 버릴지도 모르지."

링크스를 내리누르던 용이 킬킬댔다.

"멋대로 해! 너흰 엉뚱한 인질을 잡았어! 링크스가 너희 둘보다 수영을 잘해! 바다코끼리를 무서워하지도 않고! 그렇지, 링크스?"

스노펄이 소리쳤다.

링크스는 간신히 주둥이를 빼내 다시 잡히기 전에 아슬아슬하게 소리쳤다.

"바다코끼리야 사랑스럽죠, 대장!"

그런 뒤 링크스를 잡은 용이 링크스의 머리를 다시 눈에 처박았다.

다섯 번째 새끼 용이 갑자기 요새 벽 위로 솟아올라, 인질을 잡은 두 용에게 눈뭉치를 던졌다. 그가 소리쳤다.

"놔줘! 우린 절대 용을 두고 가지 않는다!"

"윈터."

스노펄은 가장 큰 새끼 용이 윈터를 쉽게 쓰러뜨리자 짜증스럽다는 듯 한숨을 쉬며 말했다.

"링크스는 구해 줄 필요가 없다고! 이래서 내가 너랑 안 노는 거야. 넌 완전히 못 노니까. 네가 계속 바보 같은 영웅 놀이를 하면 난 헤일스톰 편으로 바꿀 거야! 봐, 이젠 내가 **너를** 구해야 하잖아."

돌풍이 루나의 얼굴로 눈을 날렸다. 그 눈이 녹아내리자 요새와 얼음날개들과 얼어붙은 풍경도 녹아내렸다. 그들은 열기에 익어 가는 분주한 마을에 남겨졌다.

리저드 나이였을 때를 떠올리면…… 리저드 크기였을 때를 떠올리면 내 기억도 짧고 흐릿하긴 해.

루나는 그렇게 생각하며 이곳이 어디일지, 이건 누구의 기억일지 짐작해 보려고 뒤로 돌았다.

그때 한 무리의 모래날개들이 달려가며 소리쳤다.

"싸워라, 싸워라, 싸워라!"

루나는 이게 키블리의 기억이 틀림없다고 생각했다.

어쩌면 이건 리저드한테도 충분히 사나운 기억일지 몰라.

루나는 서둘러 그들을 따라가며 생각했다.

"네가 걔한테서 빼앗아 갔잖아!"

누군가의 목소리가 외쳤다.

"그래서 뭐? 난 덩치가 크고 쟤 작아! 원래 그런 거야!"

다른 목소리가 마주 소리쳤다.

용들이 시장 가판대로 모여들었다. 찻집, 양초를 파는 가게, 말린 약초와 꽃을 걸어 둔 가게, 보석이 박힌 금속 인형으로 반짝이는 네 번째 가게. 모래날개 두 마리가 서로를 마주 보며 식식대고 있었다. 하지만 둘 다 키블리와는 달라 보였다. 루나가 처음 들은 목소리는 황갈색 암컷 모래날개의 것이었고, 마주 보는 용은 덩치가 두 배는 컸으며 입 안 가득 부러진 이빨을 드러내며 잘난 체하듯 웃고 있었다.

"하지만 내가 **만든** 거란 말이야. 방법도 알아내고 재료도 다 모으느라 진짜 힘들었어. 돌려줘!"

조그만 새끼 용이 암컷 용의 다리 사이로 달려 들어오며 소리쳤다. 아하, 저게 키블리였다.

"이 조그만 녀석한테 신경 쓰는 건 아니겠지. 내가 레모네이드 한 잔 사 줄게. 이 일은 다 잊자."

큰 용이 말했다.

"장난감 북을 돌려줘. 아니면 나랑 싸워야 할 거야."

키블리를 지키는 용이 식식댔다.

키블리가 감탄해서 눈을 휘둥그렇게 뜨고 그 용을 쳐다보았다.

"**나를 위해서 싸우겠다고요? 레모네이드를** 마시는 대신에?"

키블리가 숨죽여 말했다.

"단지 너를 위해서가 아니야, 꼬마야. 난 정의를 위해 싸우는 거야."

그 용이 말했다.

"그래애. 나도 커지면 그렇게 할 거야."

키블리가 혼자 속삭였다.

"아니! 지금 그렇게 할 거야!"

키블리는 가슴을 부풀렸다.

그는 세게 울부짖으며 큰 용에게 몸을 날리더니 도둑의 발목에 이빨을 박아 넣었다.

그 기억은 혼란과 고함, 주먹질하는 용들 사이에서 무너져 내리며 그들을 썬듀의 머릿속에 떨어뜨렸다. 이번 장면은 독 정글이었다. 짙은 색 나뭇잎 사이로 개구리를 쫓는 데서 시작했다가 윌로우라는 이름의 초록색 용을 만나는 데서 끝났다.

리저드가 마음에 들어 하지 않겠는걸. 다른 용은 몰라도 썬듀만은 전투의 기억을 줄 거라고 생각했을 테니까.

하지만 사납고 무서운 썬듀조차도 자기가 사랑하는 용들을 계속 생각해.

루나는 생각했다.

마지막 기억은 그들을 횃불로 깜빡이는 동굴로 데려갔다. 작은 새끼 용 다섯 마리가 지하의 강가에 원을 그리고 앉아 빛바랜 지도를 살펴보고 있었다. 한 마리는 근육질에 갈색이고 다른 한 마리는 덩치가 작으며 황금빛 노란색이었다. 한 마리는 초조해하는 암흑날개였다. 루나는 나머지 둘이 훨씬 어린 쓰나미와 글로리라는 걸 알아보았다. 둘은 서로 말다툼하고 있었다.

"봐, 모래 왕국이 **확실히** 제일 크잖아!"

쓰나미가 한쪽 발톱으로 지도를 쿡 찌르며 소리쳤다.

"**너야말로** 국경이 어디 있는지 모르는 거야. 하늘 왕국이 여기 전부를 포함할 수도 있잖아!"

글로리가 마주 쏘아붙였다. 글로리는 자기 쪽으로 지도를 획 잡아당기며 북쪽의 산을 가리켰다.

"아, 제발 조심해. 이 지도를 찢으면 케스트럴이 화를 낼 거야. 너희 둘에게 끔찍한 짓을 할 거라고. 확실해."

암흑날개가 긴장해서 혀를 차며 말했다.

"아니, 그보다 더할걸. 클레이가 케스트럴한테 자기 잘못이었다고 말할 테고, 케스트럴이 클레이를 대신 벌줄 테니까."

작은 노란색 용이 말했다.

모두가 갈색 용을 돌아보았다. 그는 정말 행복하게 뭔가를 씹다가 갑자기 관심을 받게 되어 매우 놀란 표정을 지었다.

"음? 뭐?"

그가 말했다.

"그래. 그러겠다."

쓰나미가 동의했다.

"알았어, 내가 발톱을 치울게. 하지만 지금도 하늘 왕국이 우리 생각보다 크다는 게 내 의견이야."

글로리가 허공으로 두 발을 들어 올리며 말했다.

"모두가 모래왕국을 두고 싸우잖아! 거기가 제일 커. **틀림없어!**"

쓰나미가 소리쳤다.

"어디가 가장 크든 그건 상관없어."

클레이가 쓰나미의 코를 쿡 찔렀다.

"아, 그래?"

쓰나미가 그의 발톱을 쳐 내며 말했다.

"그럼. 어디에 가장 좋은 음식이 있느냐가 중요하지. 우린 모두 거기 가서 살 테니까. 언젠가 우리가 늙어서 고물이 되면 말이야."

작은 용이 녹아내리며 웃음을 터뜨렸다.

"난 절대…… **고물이** 될 생각이 없는데."

글로리가 말했다.

"아, 언젠간 그렇게 될 거야. 내가 너를 죽이려 할 때마다 클레이가 계속 막는다면 말이지."

쓰나미가 글로리에게 한쪽 날개를 두르며 말했다.

그런 다음 그들은 정신세계로 돌아왔다.

문은 숨을 내쉬고 파인애플을 놓아주더니 움찔하며 이마를 문질렀다.

"돌아올게."

문이 속삭이더니 사라졌다.

루나는 더스키와 파인애플, 리저드를 번갈아 보았다. 그들
은 모두 이 모든 기억 사이를 하나하나 휙휙 지나쳐 왔기에
약간은 헝클어진 모습이었다.

"뭐야, 난 *전부 다* 싫었어."

마침내 리저드가 말했다.

"그래? 하지만 아주 많은 용들이 있었잖아. 다양한 종류의
삶이…… 네가 보고 싶었던 것 아냐?"

루나가 말했다.

리저드는 혼자 잠시 으르렁거리더니 불쑥 말했다.

"난 나랑 비슷한 용이 있을 줄 알았어! 난 *내가* 어떤 용이
됐을지 알고 싶었다고! 하지만 그 용들은 나랑 *전혀* 닮지 않
았어!"

"내 생각에는 닮았어. 물론, 모두가 다르지만 우린 모두 잘
어울려."

루나가 말했다.

*태피스트리의 실처럼. 우린 리저드를 짜 넣을 수 있어. 리저드
는 지금도 뭔가의 일부일 수 있어.*

"네가 본 걸 생각해 봐. 새끼 용일 때 문은 매우 외로웠지

만, 어쨌든 살아남았어. 너랑 똑같지. 키블리는 적들이 자기보다 훨씬 강할 때도 맞서 싸웠어. 너도 코튼마우스에게 소리를 지를 때마다 그렇게 하는 거야. 쓰나미는 새끼 용일 때 아주 빠르게 화를 냈지. 지금도 그러는 것 같고. 너도 그래. 하지만 여기에는 달리 도와줄 용이 없었으니까 너는 스스로 진정하는 법을 배워야 했어."

리저드가 얼굴을 문질렀다.

"다른 둘은?"

루나는 잠시 생각했다.

"썬듀는 그 무엇도 자신을 막을 수 없다는 듯 원하는 것을 쫓아. 난 너도 그렇게 결단력이 강하다고 생각해. 그리고 그 얼음날개가 하는 말 들었지? 링크스는 누가 구해 줄 필요가 없는 용이야. 링크스는 바다코끼리 먹이가 되는 것도 두려워하지 않았어. 너도 마찬가지고."

리저드가 코웃음 쳤다.

"그건 그렇지. 바다코끼리가 뭔지는 모르겠지만, 싸우면 내가 이길 수 있다는 건 알아!"

리저드는 잠시 멈춰서 심호흡했다.

"나한테 자라서 바다코끼리를 만날 기회가 있었다면 말이야. 내가 보기에, 난 그 용보다 벽에 있던 다른 흰 용하고 비숫한 것 같아. 스노펄이랬나? 걔가 가장 좋아."

"리저드, 너한테 일어난 일은 불공평해."

루나가 말했다.

"정말로 불공평한 건 나랑 이 용들한테 커다란 차이점이 있다는 거야. 이 용들에게는 모두 이 용들을 사랑하는 누군가가 있었어. 아무도 날 사랑하지 않았고! 그렇다고 내가 그런 일에 신경 쓰는 건 아니지만. 신경 안 써, 안 쓴다고. 하지만 **솔직히, 그게** 불공평한 부분이야."

리저드가 열띠게 말했다.

"네 말이 맞아. 근데 난 어쩌면, *네가* 다른 누군가를 한 번도 사랑하지 못한 것도 불공평한 일 같아. 그것도 중요하거든. 너한테 그런 경험이 없었다니 안됐어."

루나가 망설였다.

리저드는 훌쩍이며 조바심이 난다는 듯 다시 얼굴을 닦았다. 리저드가 더스키를 곁눈질했다.

"누군가를 사랑하면 정말 멍청한 짓을 하게 되는 것 같은데."

"그래, 맞아."

루나는 소드테일이 블루나 루나를 구하기 위해 난처한 상황에 몸을 던졌던 수많은 일을 생각하며 말했다. 루나가 불꽃비단실 동굴로 잡혀갔을 때 규칙을 그토록 중요하게 여기던 블루가 모든 규칙을 깬 것도. 크리켓이 알지도 못하는 비단날개를 돕겠다고 부족 전체를 등지고 자신의 가장 큰 비밀이 드러나는 것까지 감수한 것도.

리저드가 왕좌를 바라보았다. 어딘가 먼 곳에서 동시에 수백 마리 용을 조종하느라 고통스럽게 찡그린 코튼마우스의 표정을 바라보았다. 그러고는 다시 루나를 보았다. 루나의 뿔에 걸린 불꽃비단실이 깊이를 헤아릴 수 없는 리저드의 두 눈 속에 반사되었다.

"좋아. 잘 들어, 한 번만 말할 테니까."

리저드가 말했다. 그러고는 심호흡을 한 번 했다.

"우리 머리를 꿰뚫으면서 자라는 덩굴을 자르면, 식물은 다시 보통의 식물이 되고 우리는 사라질 거야."

리저드가 낮게 떨리는 목소리로 말했다.

~24~

루나는 숨을 멈췄다.

"뭐?"

마침내 루나가 속삭였다.

"내 말 들었잖아. 다시 말하게 하지 마. *생각하게* 하지 마. 난 그 얘기를 하고 싶지 않아. 넌 고맙다고 말하거나 뭐든 네가 하려던 행동을 하지 않는 게 좋을 거야. 난 알고 싶지 않아. 알아서도 안 돼. 딴 생각을 하게 해 줘! 더스키, 날 좀 재미있게 해 줘."

리저드가 말했다.

더스키는 매우 놀란 듯 허리를 세워 앉았다.

"음! 어떻게?"

"노래해! 춤춰! 머리를 하나 더 자라게 해 봐! 모르겠어!"

리저드가 더스키를 다시 떠밀었다. 이번에 더스키는 리저드에게 덤벼들었다. 리저드가 꺅 소리를 질렀고, 둘은 장난으로 씨름하며 흙바닥을 굴렀다.

"거기 조용히 해라!"

코튼마우스가 소리 지르더니 다시 최면 상태로 돌아가 중얼거렸다.

덩굴을 잘라.

루나는 자신이 날아 들어온 알현실을 떠올렸다. 바닥에서 리저드의 머리, 그다음에는 코튼마우스의 머리를 관통하며 자라는 덩굴.

내가 정말 할 수 있을까?

그 많은 용 중에 내가?

썬듀를 기다려야 할까? 썬듀라면 분명 쉽게 할 수 있겠지.

하지만…… 적어도 노력은 해 봐야 해. 이 일을 아는 건 나야.

지금 여기, 이 알현실에 있는 건 나야.

이 정도밖에 못 한다 해도, 내가 조금밖에 도움이 되지 않는다 해도, 다른정신을 무찌르고 다른 용들을 해방시키는 데 그 조금만큼 가까워지는 거야.

방금 본 기억을 가진 용들처럼 되어야 해. 포기하지 않는 용, 사랑하는 이들을 구하러 뛰어드는 용, 적이 너무 커 보일 때조차 싸우는 용, 구해 줄 필요가 없는 용.

언제나 구조받아야 하는 용이 되기는 싫어.

그래. 그럼 어떻게 하지?

코튼마우스의 눈에 띄지 않고 저쪽으로 갈 수 있을까? 그런 다음에는…… 발톱으로 덩굴을 잘라? 코튼마우스가 언제든 내 몸을 차지하고 나를 막을 수 있어. 내 유일한 기회는 몰래 저리로 가서 빠르게 그 일을 해내는 거야……. 코튼마우스가 한눈을 팔고 있을 때가 가장 좋겠지.

루나는 눈을 감고 진짜 몸으로 되돌아갔다. 공기가 무겁고 차가웠다. 발 밑의 축축한 덩굴 때문에 습하기도 했다. 루나의 발톱은 여전히 더스키의 작고 무력한 몸을 감싸고 있었다.

더스키를 어쩌지?

여기, 덩굴에 더스키를 놔두면 코튼마우스가 더스키를 나한테 불리하게 이용할 수 있어. 내가 뭘 하는지 깨닫자마자 더스키를 해치고 날 멈출 거야.

하지만 그야 더스키가 어디에 있든 마찬가지겠지. 그리고 난 더스키가 나랑 같이 있는 게 좋아.

루나는 더듬더듬 작은 새끼 용을 어깨 위로 밀치고 당긴 끝에, 녀석을 날개 사이에 늘어뜨렸다. 더스키의 작은 발톱이 목에 닿아 움찔거리는 게 느껴졌다. 루나는 네 다리에 억지로 힘을 주어 앞으로 조심스럽게 나아가며, 덩굴이 느슨해지고 기울어지고 발밑에서 물결치는 것을 느꼈다. 저보아의 해변 모래밭을 걷는 것보다 힘들었다. 덩굴은 아주 빽빽하고 두꺼웠음에도, 발톱이 계속해서 틈새로 미끄러져 루나를 넘어뜨리려 했다. 발을 디딘 곳이 보이지 않는다는 것도, 어느 쪽으로 가는지 모르겠다는 것도 힘든 점이었다.

왕좌를 향해 가는 거였으면 좋겠어.

루나는 한 뼘 더, 한 뼘 더 미끄러지듯 나아갔다. 루나의 근육은 *'서둘러!'*라고 소리 질렀지만, 정신은 *'조심해! 저놈이 널 보면? 너무 빨라!'*라고 마주 소리쳤다. 루나의 마음속에서 폭동을 일으키는 모순되는 지시가 그야말로 스트레스를 주며 뒤엉켰다.

루나는 얼마나 많은 시간이 흘렀는지, 정신세계 안에서도 시간이 똑같이 느껴지는지 알 수 없었다. 루나의 내면 시계는 완전히 고장 난 것 같았다. 그때 코튼마우스가 쉭 소리를 냈다. 루나의 진짜 몸이 순식간에 그 자리에 굳어 버렸다.

여긴 볼 게 없어, 아무것도 없어.

루나가 미친 듯이 생각했다.

루나는 정신세계에서 눈을 떴다. 더스키와 리저드가 여전히 알현실 안을 까불고 뛰어다니며 서로 발을 걸어 넘어뜨리고 붙잡고 꿈틀거리고 도망치고 있었다. 잠시 그들이 평범하게 장난치는 새끼 용들과 너무 비슷해서 마음이 아팠다.

리저드를 구할 방법이 있었으면 좋겠어. 리저드를 살려서, 진짜 인생을 살게 해 줄 방법이.

"우린 전갈 호수로 다가가고 있다. 리저드, 유치하게 굴지 말고 집중해라."

코튼마우스가 오만하게 말했다.

그가 일어서서 정신세계를 노려보자 리저드가 휘청하며 멈추었다.

"정신을 걷는 자가 여기 오지 못하게 해라. 그 용이 이 둘에게 다시 말을 걸게 놔둬서는 안 된다."

코튼마우스가 루나와 파인애플을 고갯짓했다.

"뭐든 내가 왜 해야 하는데? 넌 *너무 똑똑하고* 난 *너무 쓸모 없어서* 여기 없는 거나 마찬가지라며?"

리저드가 반항하듯 물었다.

"하지만 여기 있지. 그러니까 시키는 대로 해. 난 안 그래도 바쁘다. 시케이다 벌집에 말썽을 부리는 용들이 있어. 와스프 여왕은 얼굴의 고통 때문에 계속 울부짖고 있으니 전혀 도움이 안 되고, 내가 들어가 있는 이 무지개색 용은 정신 나간 벌집날개와 그 벌집날개의 인간 애완동물 떼와 마주치기 일 보 직전이다."

코튼마우스가 말했다.

그가 잠시 생각했다.

"나도 안다. 시케이다 벌집의 벌집날개에게 뛰어들어서 비 단날개 한두 마리를 죽이면 그들은 다 입을 다물겠지."

그는 루나의 표정을 알아차리지 못했지만 리저드는 달랐다.

"지겨워. 하기 싫어. 아아, 하지만 수호자에게 기어 올라가 서 다른 새끼 용을 훔쳐 오게 할 수는 있겠다."

리저드가 말했다.

코튼마우스가 표독스러운 눈으로 리저드를 보았다.

"그게 나한테 대체 무슨 도움이 되지? 아니. 금지하겠다. 너는 이미 그곳을 장난감으로 북적거리게 만들었다. 지금은 그걸로 충분하다."

"으웩."

리저드는 그렇게 말하며 바닥에 철퍽 주저앉아 턱을 앞발 에 얹었다.

"뭐, 심통을 부려도 좋다. 아니면 와서 용들과 싸워도 좋고. 어느 쪽이든 난 상관없다."

코튼마우스가 다시 눈을 감으며 말했다.

"그냥 정신을 걷는 자가 오면 다시 알려라. *그렇게* 간단한 임무는 믿고 맡길 수 있겠지?"

리저드는 코튼마우스의 멍한 얼굴을 향해 혀를 내밀었다.

"시케이다 벌집을 확인해 봐야 할까? 용들이 말썽을 일으키고 있다는 게 무슨 뜻이야? 소드테일이랑 블루는 무사해?"

루나가 긴장해서 물었다.

"아마."

리저드가 숨을 내쉬며 말했다. 그녀는 더스키를 넘어뜨리고 그 위에 앉아서, 커튼을 걷는 마법사처럼 허공에 앞발을 저었다. 정신세계가 옆으로 둥실둥실 떠가다가 시케이다 벌집의 시장이 주변에 자리 잡았다. 전보다 훨씬 시끄러웠다. 수많은 비단날개가 일어서서 경비병들을 향해 소리치며 답변을 요구하고 있었다. 출구를 지키는 용들은 눈이 허옇고 완전히 고요했다. 그들은 몸으로 길을 막고 서 있으면서도 맞서 싸우거나 반응을 보이지 않았다.

루나는 모여 있는 용들 사이에서 언뜻 짙은 보라색 날개를 본 것 같았다.

이오?

하지만 돌아보니 어디에도 이오는 보이지 않았다. 루나는 벌집 반대편에서 소드테일을 발견하고 날개를 쫙 펴 그에게 날아갔다.

"아아, 잠깐만. 전갈 호수에서 재미있는 일이 일어나고 있어! 어서 가자!"

리저드가 루나의 옆구리에 부딪히며 말했다.

루나에게는 선택권이 없었다. 잠시 후 그들은 정오의 햇빛을 받아 빛나는 거대한 호수 위에 떠 있었다. 루나는 빛 때문에 어지러워 눈을 깜빡였다. 현실 세계에서 얼마나 많은 시간이 흘렀는지 깨닫지 못하고 있었다.

썬듀가 코튼마우스의 함정에 점점 가까워지고 있어.

그때, 호수의 북쪽 가장자리 동굴을 향해 하늘에서 날아 내려오는 인간이 있었다. 그곳은 루나가 보았던 벽화 속 동굴, 모든 인간이 걸어 들어가던 동굴처럼 보였다.

잎날개가 자갈이 깔린 호숫가에서 기다리고 있었다. 용의 초록색 앞발 위로 물결이 지나갔다. 용은 고개를 들어 숲속을 보는 것 같았다. 판탈라에 진짜 나무가 있다니! 루나는 반도의 이 부근에는 와 본 적이 없었으며, 이곳에 와 봤다는 용도 알지 못했다. 파인애플의 기억 속에서 혹은 루나가 생추어리 주변에서 봤던 야생의 정글과는 달랐다. 하지만 이곳에도 **정말** 나무가 있었다. 나무들이 동굴을 덮고 있는 언덕을 따라 자라고 있었다.

저 잎날개도 나만큼 놀랐을 게 분명해. 잎날개들이 독 정글이 아니라 여기 숨었어야 한다고 생각하는 걸까? ⋯⋯ 하지만 여기 는 와스프가 찾아내서 공격하기가 더 쉬웠을 거야.

잠깐⋯⋯ 저건 누구지?

브라이오니, 헴록, 포크위드? 아니면 누구일까?

파인애플의 몸에 들어간 코튼마우스가 내려앉아 잎날개에 게 다가갔다. 루나는 초록색 용에게 경고하려고 소리를 지를 뻔했다. 그래봐야 도움이 되지 않겠지만. 하지만 그때 용이 뒤 를 돌아보았고, 루나는 삶은 달걀처럼 흰 그의 눈을 보았다.

아아, 안 돼. 코튼마우스의 짐승들 중 하나야.

그 용은 아무 말도 하지 않았지만, 다른 용이 그 용 뒤의 덤불을 돌아보았다. 그러자 눈이 하얘진 다른 용 여섯 마리가 앞으로 나왔다. 벌집날개 세 마리, 잎날개 세 마리였다. 그들 이 크리켓과 불프로그를 양옆에서 잡고 끌고 왔다.

"크리켓!"

루나가 소리쳤다.

안경을 쓴 벌집날개를 잎날개 두 마리가 양옆에서 잡고 있 었다. 그들은 크리켓의 옆구리에 창을 휘둘렀다. 크리켓은 코 튼마우스를 보고 혼란스러워 눈을 깜빡였다.

"파인애플? 너 여기서 뭐 해?"

"유감이지만 파인애플은 점심을 먹으러 갔다."

코튼마우스가 잔인하게 히죽거리며 말했다.

"아아, 안 돼, 파인애플. 이걸 정말 어떡해."

크리켓의 얼굴이 구겨졌다.

공기가 타닥거리는 듯하더니, 갑자기 루나의 나머지 친구들이 파인애플 뒤에 서 있었다. 노려보는 썬듀의 눈길이 너무 사나워서 코튼마우스가 불타 버리지 않은 게 놀라웠다.

크리켓이 눈물을 터뜨렸다.

"너희 **모두?**"

"아냐. 크리켓, 우린 괜찮아. 놈은 파인애플만 잡았어. ……루나랑."

키블리가 재빨리 말했다.

불프로그는 놀란 표정이었다. 크리켓이 동굴 입구를 힐끗 보더니 두 발을 맞잡았다.

"하지만…… 루나는 심연에 있어. 내가 썬듀 너를 데려가면 괜찮을 거라고 했는데……."

"**괜찮을 거야.**"

썬듀가 으르렁거렸다. 그녀의 시선은 코튼마우스에게 붙박여 있었다.

루나는 문득 깨달았다.

엉킨 실타래 같으니, 난 덩굴 자르는 일에 집중해야 해. 구경거리에 정신이 팔렸지만, 지금이 나한테는 최고의 기회이자 마지막 기회야. 빨리, 여기서 다른 끔찍한 일이 일어나기 전에.

루나는 눈을 감고 진짜 몸을 향해 감각을 뻗었다. 그러나 여기서는, 태양의 온기가 비늘에 와닿고 바람에 부스럭거리는 나뭇잎 소리가 들리는 이곳에서는 집중하기가 더 어려웠다. 루나가 실제로 있는 곳, 차갑고 축축하고 울퉁불퉁하고 초록색 썩는 냄새가 나는 곳보다 이곳이 훨씬 더 진짜처럼 느껴졌다.

숨 쉬어, 크리켓이 말한 대로.

마침내 루나는 진짜 발톱의 얼얼함을 느끼기 시작했다. 앞으로 움직이라고 근육에 명령하자 정신세계에 있는 몸이 아니라 진짜 몸이 움직였다. 더스키의 무게가 여전히 날개뼈 사이에서 느껴졌다. 더스키는 깊이 숨을 쉬고 있었다.

"크리켓과 불프로그를 놔줘."

루나는 썬듀의 위협적인 목소리를 들었다.

한 걸음. 또 한 걸음. 내 발목을 감은 미끄러운 덩굴을…… 조심스럽게 풀어내고…… 한 걸음 더.

"대체 왜 내가 그래야 하지? 둘 중 하나를 흡수하는 게 훨씬 더 공정한 일일 텐데. 둘 다 흡수하거나. 그러면 너도 용

네 마리, 나도 용 네 마리를 데리고 있는 셈이고, 네가 영리한
속임수를 쓰려는 충동도 훨씬 덜 느낄 텐데."

코튼마우스가 대답했다.

루나의 진짜 코가 단단한 무언가에 부딪혔다.

벽인가? 기둥?

루나는 앞발로 그것을 더듬어 보았다. 평평하고 곧고, 덩굴
이 지그재그로 타고 올라가고 있었다. 그럼 벽이었다.

방향을 선택해. 계속 나아가.

루나는 오른쪽으로 돌아, 왼쪽 날개를 계속 벽에 댄 채 앞
으로 나아갔다.

"영리한 속임수는 협상 대상이 아니야. 썬듀는 절대 네……
꽃잎? 그곳으로 순순히 들어가지 않을 거야. 썬듀, 용을 먹는
식물의 부위를 뭐라고 해?"

키블리가 물었다.

"이빨."

썬듀가 험악하게 말했다.

"이익. 그냥 꽃잎이라고 할게."

키블리가 말했다.

루나의 오른쪽 날개가 차가운 돌에 스쳤다. 루나는 날개를
뻗어 그것을 느껴 보았다. 매끄럽고 휘어 있었다. 기둥이었다.

맞는 방향으로 가고 있는 거였으면.

루나는 또 한 걸음을 내디뎠다. 발톱 아래에서 덩굴이 철벅 거리며 펴졌다.

"너한테는 딱히 선택권이 없다. 난 너보다 무한히 많은 용들을 데리고 있고……."

코튼마우스가 말했다.

"잠깐. **문자 그대로** 무한한 건 아닌데. 그건 수학적으로 불가능해."

키블리가 끼어들었다.

루나의 오른쪽에 다른 기둥이 하나 더 있었다. 희망이 있어 보였다. 루나는 입구와 가까운 곳에 있지 않았던가? 그러니까 올바른 방향으로 가고 있다면, 왕좌가 있는 반대쪽 벽에 닿기 전에 기둥 두 개를 더 지나게 될 터였다. 잘은 모르겠지만. 그러길 바랐다. 위험에 빠진 친구들의 소리가 들려서 집중하기가 더 어려웠다.

루나는 알현실을 다시 떠올렸다. 처음 보았을 때 상상했던 머릿속 태피스트리를 활용했다. 무슨 일이 생기면 돌아가는 길을 찾을 수 있도록 몸을 어딘가에 연결해 두면 어떨까?

루나는 조심스레 두 앞발을 기둥에 대고, 일반적인 황금색 비단실을 길게 뽑았다. 그걸로 기둥을 감아 묶고, 반대쪽 끝은 다시 앞으로 나아가기 시작한 자신의 발목에서 계속 풀려 나오게 두었다.

"굳이 짜증 나게 굴지 마라, 썬듀. 이 벌집날개는 캐러비드 다. 네게 독약을 주사할 용으로 특별히 이 녀석을 골랐다. 발톱과 꼬리에 놀라운 침이 있고, 재미없는 와스프에 비해 훨씬 많은 독을 주사할 수 있거든. 나는 널 만난 순간부터 캐러비드에게 악의 숨결을 최대한 많이 가져다주었고 캐러비드는 그걸 계속 먹었다. 첫 번째 침이면 널 흡수할 수 있을 거다……. 침을 더 놓아야 한다면 그럴 시간도 충분하다."

코튼마우스가 지루한 목소리로 말했다.

"물러서! 더 이상 가까이 오지 마!"

쓰나미가 소리를 지르는 바람에 루나는 발을 헛디뎠다.

"다시 투명해지거나 내게 불쾌한 얼음을 쏜다면, 캐러비드에게 크리켓부터 찌르라고 하겠다."

코튼마우스가 식식댔다.

루나는 벽에 그대로 부딪혔다. 잠시 유독 달라붙는 덩굴을 뒷발에서 털어 내느라 앞으로 나아가지 못했다. 머리가 돌에 아프게 부딪혔다. 루나는 고통으로 헛숨을 내쉬었다.

"루나?"

리저드의 목소리가 들렸다.

"아무것도 아니야. 못 들은 척해."

루나는 어지러운 채로 속삭였다. 고통의 충격이 잦아들기를 기다리며 심호흡했다.

루나는 구석에 이르렀다. 운이 좋다면, 여기서 오른쪽으로 돌면 왕좌에 이를 것이다. 엉뚱한 방향으로 왔다면 알현실의 막힌 입구로 되돌아갈 테고. 한쪽 날개는 벽에서 떼지 않은 채 루나는 돌아서며 앞으로 길을 더듬어 나갔다.

갑자기 정신세계에서 혼란이 일었다. 용들의 비명이 루나의 귀를 채웠다. 루나는 공포심에 본능적으로 얼어붙었다.

"무슨 일이야?"

루나가 외쳤다.

눈을 떠야 할까? 하지만 난 바깥세상에서는 친구들을 도울 수 없어. 집중하고 여기서 계속 나아가야만 도울 수 있어.

"잎날개 무리가 방금 공격했어! 썬듀의 엄마도 있어! 이거 진짜 신나는데!"

리저드가 소리쳤다.

"넌 잎날개들이 오는 걸 몰랐어? 우리한테 경고해 줄 수는 없었던 거야?"

루나가 소리쳤다.

"정확히 어떻게? 왜? 내가 여기서 **모든 걸** 할 거라고 기대하면 안 되지."

리저드가 말했다.

그건 그래. 임무에 집중하자.

루나가 생각했다.

루나는 진짜 몸으로 다시 힘겹게 한 걸음 나아갔다. 이곳은 덩굴이 너무 **빽빽**했다. 발밑의 덩굴도, 우글거리며 벽을 올라가는 덩굴도 그랬다. 벽은 아예 만져지지 않았다. 몸을 꼬아대는 뱀 구덩이를 허우적거리며 나아가는 기분이었다. 그러는 동안 최소 스무 마리의 용들이 루나의 귓속에서 울부짖으며 싸웠다.

"식물이 그야말로 땅에서 **솟구치고** 있어! 썬듀가 캐러비드를 검은딸기 덤불에 가뒀어! 아아, 코튼마우스가 죽음의 침으로 쓰나미를 맞힐 뻔했는데! 이야, 벨라도나가 방금 문을 찌르려 했는데 키블리가 막아섰어! 얼음 용이 잎날개 두 마리를 얼렸고! **악**, 아니, 방금 우리 용 **아홉** 마리가 크리켓을 잡아서 캐러비드한테 **던졌어. 이제야 우리가 크리켓을 잡겠는데!**"

리저드가 신나서 알려 왔다.

"크리켓!"

루나는 눈을 꽉 감고, 뜨지 않으려고 앞발로 가렸다.

"크리켓이 내 말을 들을 수 있을까? 크리켓!"

루나는 기둥과 연결된 실이 날개에 닿아 튕기면서 조용히 울리는 소리를 들었다.

"크리켓은 내가 돌볼게. 넌 계속 가."

파인애플의 목소리가 멀리서 흘러나오듯 들렸다.

앞으로. 한 걸음 더. 덩굴과 싸워. 한 걸음 더.

그때…… 뻗고 있던 루나의 앞발이 덩굴 무더기에 닿았다. 가슴이 철렁했다.

내가 알현실 엉뚱한 구석에 와 있는 걸까?

루나는 덩굴 사이로 앞발을 집어넣어 미친 듯이 주위를 더듬었다.

여기다!

덩굴 아래에 묵직한 돌 형상이 있었다. 단단하고 밀리지 않는 무언가였다.

왕좌야. 틀림없어.

거의 다 왔어.

"썬듀가 **미쳐 날뛴다아아.** 문이 계속 '파인애플을 해치지 마! 죽이지 마! 썬듀, 그게 놈이 아니라는 걸 기억해!'라고 소리 지르지만, 사방으로 나뭇가지들이 날아다니니 분명 누군가 죽을 거야!"

리저드가 소리쳤다.

루나도 문의 외침을 들을 수 있었다. 링크스가 '발찌!'라고 외치는 소리도 들렸다. 키블리가 여덟 가지 다른 명령을 내리고 불프로그와 쓰나미가 격렬하게 고함을 지르는 소리도 들렸다. 생각하기가 어려웠다. 눈을 뜨고 친구들이 안전한지 확인하는 대신 이곳에, 느리고도 뒤엉킨 공간에 남아 있기가 너무 힘들었다.

내가 할 수 있는 일을 해야 해.

그게 도움이 되길 기도해야 해.

리저드 말이 맞기를.

루나는 두 앞발로도 완전히 감을 수 없을 만큼 굵은 덩굴을 발견했다. 머뭇머뭇 위로 뻗어 나가는 덩굴을 더듬던 루나의 발톱이 아주 작은 발과 깨지기 쉬운 비늘에 닿았다.

리저드의 몸이야.

루나는 떨면서 생각했다.

이게 내가 잘라야 하는 덩굴이야.

덩굴이 둘의 몸을 통과하기 전, 리저드의 몸 아랫부분을 잘라야 할까?

아니면…… 리저드와 코튼마우스 사이의 덩굴을 자르면…… 코튼마우스는 다른정신에서 끊어 내되 리저드는 살려 둘 수 있을까?

리저드는 정확히 어디를 자르라고 말하지 않았고, 루나는 코튼마우스가 들을지 모르니 묻고 싶지 않았다.

좋아. 둘 사이를 자르면서 그 방법이 맞기를 바라야지.

"오오, 와. 누가 저 커다란 갈색 용한테 독을 주사했네. *저 용의 기억은 어떨지 궁금한데.*"

리저드가 울부짖는 용들의 소음 사이로 말했다.

불프로그…….

생각하지 마. 여기에 집중해.

루나는 이제 허공에 떠 있었다. 날개가 루나를 높은 왕좌 앞에 띄워 놓았다. 루나는 한 차례 더 날개를 쳐 약간 더 높이 올라가며, 리저드의 두개골을 관통하는 덩굴의 휘어진 부분을 더듬었다. 루나는 그곳에 한쪽 앞발을 대고 위로 뻗었다. 코튼마우스의 머리가 그 위쪽에, 휘감긴 똑같은 덩굴에 연결되어 있는지 확인했다.

여기야.

하지만 이제 어쩌지? 루나는 발톱을 쓸 수 없었다. 덩굴은 너무 **빽빽**했다. 루나가 덩굴에 힘을 가하거나 베기 시작하면, 그 순간 코튼마우스가 공격을 감지하고 뛰어들어 루나를 막을 게 분명했다.

루나는 조심스레 왕좌 가장자리에 발을 디뎠다. 루나를 기둥과 연결하는 비단실이 다시 루나의 날개에 스쳤다.

혹시……?

루나는 비단실을 조금 더 뽑아 발목에서 헐겁게 끊어 냈다. 그 비단실로 가볍게 덩굴을 감아—*가만히, 가만히, 해롭지 않아, 그냥 잎이 서로 닿는 것뿐이야*— 기둥에 연결해 두었던 실과 묶은 뒤 헐거운 부분을 앞다리에 감았다.

비단실이 충분히 강했으면 좋겠는데. 당기면 단번에 덩굴을 벨 수 있을 만큼 내 몸이 무거웠으면 좋겠어.

루나는 심호흡하고 몸을 던질 각오를 한 뒤, 전속력으로 왕좌에서 반대쪽으로 몸을 날렸다.

~25~

루나의 머리를 채운 *비명*이 다른 용들의 소리를 모두 눌렀다. 그들이 포효하는 중에, 고함을 치는 중에, 비명을 지르는 중에, 루나는 정신세계에서 격렬하게 내팽개쳐졌다.

루나는 아슬아슬하게 눈을 뜨고, 진짜 세상의 알현실 벽에 세게 부딪히며 그 벽을 보았다.

"아야…… 아야야"

루나는 신음하며 미끄러져 덩굴에 내려앉았다.

침묵이 루나를 둘러쌌다. 루나는 핑핑 도는 머리로 일어나 앉아 어깨 너머로 앞발을 뻗었다. 작은 발이 루나의 앞발을 잡았다. 심장이 솟구칠 듯했다.

"더스키? 괜찮아?"

새끼 용이 허둥지둥 루나의 등을 타고 올라가 목을 감더니, 루나에게 기대서 떨리는 숨을 깊게 내쉬었다.

잠시 후 더스키가 말했다.

"그런 것 같아요. 어떻게 된 거예요? 리저드는 어디 있어요?"

루나는 그제야 돌아서서 왕좌를 보았다.

비단실을 사용한 루나의 방법이 성공했다. 한쪽 끝은 루나의 힘에, 다른 쪽 끝은 기둥에 묶인 상태로 비단실은 덩굴을 곧장 가르며 코튼마우스와의 연결을 끊었다.

정말 이상하다. 난 나를 특별하게 만들어 주는 게 불꽃비단실이라고, 내가 아슬아슬하게 세상을 구할 수 있다면 그 일에 필요한 유일한 물건이 불꽃비단실이라고 생각했는데, 오히려 평범한 비단실로 성공하다니. 이건 어떤 비단날개도 만들 수 있는 건데.

이제 **뭔가가** 일어나고 있었다. 코튼마우스의 두개골에서 뻗어 나오던 덩굴이 모두 시들며, 루나의 눈앞에서 갈색의 배배 꼬인 가닥이 되었다. 이런 식으로 식물의 긴 덩굴을 따라 부패가 빠르게 번져, 천장까지 올라가고 벽을 따라 질주했다.

루나는 더스키를 안아 들고, 혹시 모르니 날개를 치며 허공으로 떠올랐다. 루나는 식물이 죽어 간다고 생각했지만, 혹시 녀석이 소름 끼치는 최후의 몸부림을 친다면 그 위에 서 있고 싶지 않았다.

"리저드?"

루나가 큰 소리로 불렀다. 왕좌에 앉은 석화된 새끼 용의 몸은 정확히 똑같은 모습이었다. 반면 코튼마우스의 껍데기는 이미 가장자리가 부서져 내리기 시작했다.

"너, 아직 거기 있어? 내 목소리 들려?"

"잘못했잖아."

리저드의 목소리가 들렸다. 귀로 들리는 게 아니라 두개골 안에서 울렸다.

"*잘못*한 거야? 그랬어? 하지만 성공하고 있는 것 같은데. 내가 엉뚱한 자리를 잘랐다는 뜻이야? 난 코튼마우스를 제거하고 너는 지키려 했어."

루나가 말했다.

"날 *지켜?*"

잠시 허둥대는 듯한 침묵이 흘렀다.

"그럴 수는 없어, 이 바보야. 써 먹을 지능이 남아 있다면 식물은 포기하지 않을 거야. 식물은 이 세상 그 무엇보다도 생존을 원해. 이제 여기 남은 건 나랑 식물, 둘뿐이니까 식물도 나만큼 강하다고. 아아악…… 잠깐만……."

"하지만…… 꼭 사악해질 필요는 없잖아? 코튼마우스가 사라졌으니까, 너랑 식물은 공존할 수 있을지도 몰라. 사악하지 않은 식물로. 그리고…… 우리가 널 만나러 여기 올게. 알았지? 같이 얘기하는 거야. 이런 식으로."

"*안 돼! 넌 정말 멍청하구나!* 식물이 벌써 내 잎말 능력을 이용해서 코튼마우스 안으로 뻗어 가려고 하고 있어. 아니면 목표를 수호자로 바꾸려 들 거야. 그 방법도 실패하면 다른 끔찍한 인간을 찾을 테고."

리저드가 소리쳤다.

루나는 수호자를 잊고 있었다. …… 하지만 수호자는 왕좌 발치에 웅크린 채, 멍한 표정으로 앞뒤로 몸을 흔들고 있었다.

"루나! 나는 남은 시간 동안 영원히 *절망적인 잡초랑* 싸우면서, 이 *허무함* 속에 그저 *존재*하고 싶지 않아! 난 저 식물을 *증오해!*"

리저드의 목소리가 머릿속에서 외쳤다.

이제 루나는 울고 있었다. 더스키도 마찬가지였다.

"미안해, 리저드. 정말 미안해. 난 널 잃기 싫었어. 네가 우릴 구해 줬는데, 이건 불공평해."

"그리고 넌 재미있어. 같이 놀기도 재미있고. 가끔은 시끄럽고 무섭고 제멋대로지만, 용감하고 정말 흥미로워. 나도 네가 떠나는 게 싫어."

더스키가 끼어들었다.

리저드는 잠시 대답하지 않았다. 다시 입을 열었을 때 리저드의 목소리는 꽉 막혀 있었다.

"뭐, 어쩔 수 없어. 너희는 작별 인사를 해야 해. 그런 다음 이리로 와서 내 머리 *아래쪽* 덩굴을 잘라. 그럼 식물이 더 이상 내 뇌를 이용해서 음모를 꾸미고 몸부림치지 못할 거야. 빨리. 놈이 다시 코튼마우스에게 닿기 전에."

루나는 리저드의 말이 맞다는 걸 깨닫고 깜짝 놀랐다. 루나의 비단실에 베인 자리에서 새로 뻗어 나온 식물이 코튼마우스의 머리가 태양이라도 되듯 그리로 조심조심 기어가고 있었다.

루나가 앞으로 나가려 했지만 더스키가 루나의 앞다리를 꼭 끌어안았다.

"잠깐만요. 그전에 리저드한테 새 이름을 지어 주면 안 돼요? 리저드만의 진짜 이름이요. **코튼마우스가** 리저드한테 지어 준 이름 말고요."

"의미 없는 짓 같다. 30초 동안 쓸 새 이름이라고?"

리저드는 그렇게 말했지만, 루나는 그녀의 목소리에서 조심스러운 호기심을 엿들었다.

"영원히 쓸 새 이름이야. 우리가 널 기억하고 너에 관한 노래를 만들고 태피스트리에 짜 넣을 이름."

루나가 말했다.

"흐음. 머리뼈에 구멍이 나고 쪼그라든 시체를, 태피스트리에 그런 건 넣지 않는 게 좋을걸."

5천 살 된 새끼 용이 말했다.

"우웩."

더스키도 반대했다.

"안 그럴 거야. 네가 날아가는 모습을 넣을게. 너는 너한테 기억을 준 모든 용들과 함께할 거야."

루나가 눈물 너머로 웃으며 약속했다.

"그 친구들이랑 같이 나도 태피스트리에 들어가도 돼?"

더스키가 루나에게 물었다.

"당연하지. 모두 함께할 거야. 자유로워질 거고."

루나가 말했다.

작은 용은 머릿속에서 길게, 아쉬운 듯 한숨을 쉬었다.

"뭐라고 불리고 싶어?"

더스키가 물었다.

"난 내가 어떤 부족인지 몰라. 우리가 어떤 식으로 이름을 짓는지, 엄마가 날 뭐라고 불렀을지도 모르고."

리저드가 잠시 말을 멈추었다.

"혹시…… 프리덤은 용의 이름으로 이상할까?"

"전혀 안 이상해."

루나가 말했다.

"마음에 들어. 자유는 네가 갖게 될 것이고, 네가 모두에게 주려는 것이기도 하니까."

더스키도 찬성했다.

"지금부터 너를 프리덤이라고 부를게."

루나가 말했다.

"멋지네."

프리덤이 조용히 말했다.

루나가 앞발을 위로 뻗어 더스키의 발을 꽉 잡았다. 그들은 왕좌로 날아갔다. 이제 왕좌는 바스락거리며 죽어 가는 덩굴로 둘러싸여 있었다. 바닥에서 솟아난 최초의 줄기만이 여전히 초록색을 띠고 생기가 있었다. 그 줄기와, 잘린 덩굴에서부터 다시 자라나려는 새로운 덩굴손만이.

루나는 더스키를 왕좌 한 구석에 내려놓았다.

"내가 도와줘도 돼요?"

더스키가 물었다.

루나가 더스키의 조그만 머리를 쓰다듬었다. 더스키는 이미 너무 많은 일을 겪었다.

"괜찮겠어? 슬퍼지지 않을까?"

루나가 물었다.

"이미 슬픈걸요. 이렇게 하면 작별 인사에 도움이 될 것 같아요."

더스키가 말했다.

"하지만…… 프리덤은 이미 죽었잖아요. 우리가 하려는 일은 프리덤을 식물한테서 자유롭게 해 주는 거예요."

더스키가 이게 사실이라는 듯 덧붙였다.

그게 맞는 말일 거야. 그게 이 상황을 보는 맞는 방식이야.

루나는 깨달았다.

루나는 비단실을 더 만들어 한쪽 끝을 더스키의 발목에 감았다. 그런 다음, 비단실로 덩굴을 감고 반대쪽을 가만히 당겨 조였다.

"이렇게 해 줘서 고마워. 무엇보다, 터져서 먼지가 될 때 코튼마우스의 표정을 보게 해 줘서 고맙고. 얼굴 녹이기보다 좋던데."

프리덤이 어색하게 말했다.

"별말씀을."

루나가 미소 지으며 말했다.

"그리고 꿀쩍거리고 터무니없는 포옹 괴물 같은 기억들도 전부 고마워. *그렇게까지* 나쁘지는 않았어. 나한테 진짜 삶이 있었다면, 너희 둘과 함께 살았어도 괜찮았을 것 같아."

프리덤이 쏟아내듯 말했다.

"야, 우린 *함께* 있었어. 네 삶에 말이야."

더스키가 말했다.

"흠. 좋아. 네 말이 맞을지도 모르지. 이번 한 번만은."

프리덤이 말했다.

"준비됐어?"

루나가 물었다.

"네."

더스키가 고개를 끄덕이며 말했다.

"나도. 잘 있어."

프리덤이 말했다.

"고마워, 프리덤."

루나는 그렇게 말한 뒤, 더스키와 함께 비단실을 당겨 그들을 구해 준 새끼 용에게서 악의 숨결을 잘라 냈다.

~26~

덩굴을 끊고 얼마 지나지 않아 왕좌 위의 껍데기는 둘 다 부스러져 먼지가 되었다. 루나는 코튼마우스가 그토록 오래 전에 심었던 최초의 덩굴을, 마지막까지 남은 덩굴 주변의 흙을 파헤쳤다. 그리고 불꽃비단실을 써서 모든 뿌리를 태워 버렸다. 뿌리는 파고드는 뱀장어처럼 땅 속 깊은 곳까지 이어져 있었다. 연기는 초록색이었고 약간 현기증을 일으켰지만 빠르게 흩어졌고, 그들의 뇌에 들어오거나 그들을 차지하려 드는 것은 없었다.

알현실에 남은 덩굴은 입구를 가리던 것을 포함해 모두 쪼그라들었다. 심연에서 나와 높이 날아 올라오는 일은 그리로 날아 내려갔던 것보다 훨씬 더 어렵고 피곤한 일이었다. 더스키가 등에 매달려 있고 혼란에 빠진 수호자가 앞발에 안겨 있었기에 더욱 그랬다. 하지만 루나는 날아가는 게 너무 기뻐서, 알현실에서 벗어나는 게 너무 기뻐서 영원히 날개를 칠 수 있을 것 같았다.

균열의 꼭대기에서 루나는 렌과 악솔로틀 그리고 더스키를 납치했던 인간들과 함께 있는 스카이를 발견했다.

"루나!"

루나가 가장자리에서 솟아오르자 스카이가 소리쳤다.

렌이 의기양양하게 말했다.

"*봐. 내가 그랬지?* 살아남을 거라고! 너, 나한테 거북 한 마리 줘야 해! 잠깐, 내가 왜 거북을 걸고 내기를 한 거지?"

"너 괜찮아? 저 아래에서 무슨 일이 있었던 거야?"

스카이가 물었다.

"길고 긴 이야기야."

루나가 말했다. 루나는 내려앉아서 수호자를 다른 인간들 앞에 가만히 내려놓았다. 수호자는 땅을 짚고 비틀거리며 일어났다. 레이븐이라는 이름의 인간이 헛숨을 들이켜며 옆 친구의 팔을 붙잡았다. 그러더니 둘이 같이 앞으로 달려 나와 여위고 꾀죄죄한 인간이 넘어지기 전에 잡아 주었다.

"정상으로 돌아온 거야?"

루나가 렌에게 물었다.

렌이 인간어로 레이븐에게 뭔가 말하자 모든 인간이 잠시 수다 잔치를 벌였다. 마침내 렌이 씩 웃으며 루나를 보았다.

"그런 것 같대. 그러니까, 저 인간이 자기 이름이 볼이라는 걸 기억하고 수호자 의식도 기억하지만 늘 배가 고팠던 것 말고는 그 이후에 일어난 일을 기억하지 못한대. 충분히 쉬고 나면 괜찮아질 거라고 기대하고 있어."

렌이 말했다.

"목욕도 해야지. 머리도 깎고. 목욕을 여러 번 해야 할 수도 있겠다."

스카이가 말했다.

"가서 크리켓이랑 다른 애들을 찾자. 다른정신은 사라진 것 같은데, 걔들이 안전한지 확인하고 싶어."

루나가 말했다.

"크리켓!"

악솔로틀이 거의 완벽한 용 억양으로 말했다. 그들은 스카이가 목에 걸고 있던 주머니를 두드려 보였다. 루나는 거기에 용 책이 들어 있다는 걸 알았다.

"책 친구."

악솔로틀이 미소 지으며 덧붙였다.

"와, 정말 훌륭한데."

루나가 놀라워하며 말했다.

"루나, 불 친구."

그들이 루나를 가리켰다.

"우린 연습하고 있었어. 알겠지만, 네가 저 아래 며칠이나 있었잖아."

렌이 자랑스럽게 말했다.

"나 진짜, *진짜* 배고파."

루나는 문득 깨달았다.

"저도요!"

더스키가 루나의 등에서 재잘거렸다.

"다른 애들을 찾은 뒤에 뭘 좀 먹자. 여기서 전갈 호수까지 어떻게 가는지 알아?"

루나가 렌에게 물었다.

렌이 심연 인간들과 다시 이야기를 나누더니 말했다.

"레이븐이 데려다주겠대. 몰은 형을 마을로 다시 데려가고."

뾰족한 얼굴에 깃털을 단 인간과 함께 땅굴을 걸어가며, 렌과 악솔로틀과 대화를 나누는 레이븐의 웅얼거리는 목소리를 듣고 있으니 이상했다. 결국 루나가 심연에 들어가게 된 이유는 이 인간이 더스키를 납치했기 때문이었다. 하지만 루나는 차마 레이븐에게 화를 낼 수 없었다.

인간과 용이 수백 년에 걸쳐 서로에게 한 모든 일에 비추어 보면 그건 작고도 절망적인 행위 하나에 불과했다. 분노와 복수와 처벌을 반복하는 것이…… 다른 용들에게는 맞는 일인지 몰라도 루나에게는 아니었다.

최소한 현재의 인간들을 생각할 때 루나의 의견은 그랬다.

코튼마우스에게는 지금도 화가 나. 와스프 여왕에게도. 그들은 혼자만의 이기적인 이유로 세상을 나쁜 곳으로 만들려고 했고 많은 용들을 해쳤어.

게다가 루나는 아직 벌집날개들도 어떻게 판단해야 할지 알 수 없었다. 그건 다음에, 머릿속에서 사악한 목소리가 사라졌을 때 벌집날개들이 어떻게 행동하느냐에 달려 있다고 느꼈다.

머리 위의 햇빛이 너무도 현란해 루나는 눈을 깜빡였다. 눈물이 고였다. 그러고도 한참 뒤에야 그들은 동굴 입구에 이르러 밖으로 나섰다. 지하에 며칠이나 있었을까? 심연에 얼마나 오래 갇혀 있었던 걸까? 전혀 알 수 없었지만, 진짜 태양이 비늘을 따뜻하게 해 준 뒤로 몇 년은 지난 것 같은 느낌이었다. 정신세계의 환상 속에서도, 나무의 속삭임과 공기에서 풍기는 나뭇잎의 향기가 충분히 진짜처럼 느껴지긴 했다. 하지만 진짜로 그 향기를 들이쉴 수 있게 된 지금은 압도당하는 기분이었다.

루나는 눈을 감은 채 햇빛 속에 잠시 서서 감각과 내면의 시계가 다시 정렬되도록 기다리며 다른 어딘가가 아니라 정말 이곳에 있는 진짜 몸을 느꼈다. 루나는 스카이가 빠르게 자기 옆을 지나가면서 "파인애플! 키블리!"라고 외치는 소리와 숲 너머에서 들려오는 왁자지껄한 목소리를 들었다.

눈을 떠 보니 크리켓이 눈을 빛내며 루나의 코앞에 서 있었다.

"다른정신이 사라진 거지? 네가 뭔가 놀라운 일을 했어. 맞지?"

크리켓이 물었다.

"나 혼자 한 게 아니야. 모두가 도왔어."

루나가 말했다.

크리켓은 충동적으로 루나를 두 날개로 끌어안았고 루나도 미소 지으며 크리켓을 마주 끌어안았다. 자신을 안은 용이 처음으로 '벌집날개'처럼 느껴지지 않았다. 크리켓은 다른 모든 용과 마찬가지로 비늘 색깔과 부족 이상인 용이었다.

"에헴, 포옹 잔치를 벌이기 전에 무슨 일이 일어난 건지 누가 말 좀 해 줄래? 맹렬한 전투 속에서 내게 닿는 식물을 전부 무시무시한 무기로 바꿔 가며 죽을 각오로 싸우고 있었는데, 갑자기 적들의 뼈가 모두 고사리로 변한 것처럼 쓰러지다니."

썬듀가 다가오며 말했다.

"나도 느꼈어. 마치…… 누가 톱질을 하는 동안 커다란 바나나 다발을 잡고 있는데, 마지막 섬유가 잘려 나간 걸 모르고 있다가 갑자기 악! 이런! 싶으면서 한편으로는 와, 훨씬 가볍네, 하는 기분이었어. 그래도 바나나를 생각하면 슬픈 일이지. 흐으음. 아주 좋은 비유는 아니었는지도 모르겠다."

파인애플이 말했다.

"둘 다 사라지는 걸 느꼈어? 코튼마우스랑, 그다음에는 용까지?"

루나가 물었다.

"응. 내가 나 자신이기는 한데 여전히 음…… 묶여 있는 것 같은 느낌이던 애매한 시간도 있었어. 그런 다음에는 용이랑 식물이 사라지는 걸 느꼈고, 다시 완전히 내가 됐지."

파인애플이 말했다.

"용? 무슨 용?"

썬듀가 물었다.

"다 말해 줄게. 심연에서 일어난 일 전부."

루나가 말했다.

루나는 태양을 힐끗 쳐다보았다. 이제 태양은 서쪽 지평선을 향해 비스듬히 지고 있었다.

"근데…… 시케이다 벌집으로 가는 길에 말해 줘도 될까? 모자이크 정원에서 날 기다리는 용이 있거든."

다음 날 아침 도착해 보니 소드테일이 그곳에 있었다. 정말로 있었다. 소드테일은 제비꽃과 햇살에 둘러싸인 언덕 위에서, 루나를 위해서라면 언제까지나 *기다리겠다는* 듯 서 있었다. 루나가 탁 트인 하늘의 아치를 뚫고 와 모두의 머리 위를 날아서 그의 품에 안기자 그들은 넘어지고 풀밭을 구르며 함께 웃었다. 현실이었다. **소드테일이** 이제야 현실이 되었다.

"너 괜찮아?"

루나가 일어나 앉으며 말했다. 루나는 소드테일의 눈꺼풀을 들어 올려 아름다운 짙은 파란색 동공을 하나씩 들여다보았다.

"백 퍼센트 소드테일이야?"

"**괜찮았어.** 그런데 *네가* 꿀방울을 뭉개 버렸다고!"

소드테일이 말했다.

루나는 꺅 소리를 지르며 펄쩍 뛰어 물러났다. 루나는 꼬리 아래에 뭉개진 흰 상자를 발견했다.

"봐. 사탕을 깔고 앉는 건 나만이 아니라고."

소드테일이 잘난 체하듯 말했다.

"어머, 나한테 주려고 꿀방울을 가져온 거야?"

루나가 활짝 웃으며 말했다. 루나는 상자를 치우고 소드테일의 날개 밑으로 파고들었다.

"어떤 용의 뇌를 구해 준 대가로 또 뭘 줘야 하지? 이런 건 예의범절 및 올바른 행동 수업에서 배우지 않았던 것 같은데."

소드테일이 말했다.

"사실은 다뤘어. 근데 이상한 게 뭔지 알아? 답이 꿀방울이라는 거야."

루나가 말했다.

루나는 위로 앞발을 뻗어서, 웃고 있는 소드테일의 주둥이를 토닥이며 그가 진짜라는 걸 다시 확인했다.

"네가 *너무* 그리웠어."

"내가 더 그리웠어."

"블루는 어디 있어?"

"그물에 이오랑 너희 엄마들이랑 같이 있어. 블루한테는 지금 포옹이 아주 많이 필요하거든."

"가 봐야겠다. 크리켓을 데려가서 그 녀석 더듬이가 떨어지도록 안아 주자!"

루나가 벌떡 일어나며 말했다.

루나는 소드테일이 따라오는 가운데 하늘의 아치로 다시 빠르게 달려갔다.

밖에서는 크리켓, 스카이, 파인애플이 루나를 기다리면서 원을 그리며 날고 있었다. 렌이 스카이의 등에, 악솔로틀이 파인애플의 등에 타고 있었다. 다른 용들은 썬듀와 함께 와스프 벌집으로 갔다. 와스프 여왕이 재판을 받을 수 있도록 누군가 그녀를 가뒀는지 확인하기 위해서였다.

루나는 친구들에게 따라오라고 신호하며 햇빛 아래에서 앞장서 집으로, 무지갯빛 용들로 가득한 비단 그물로 돌아갔다. 전에는 몰랐지만, 이제 보니 모든 것에 이상한 침묵이 내려앉아 있었다. 눈에 보이는 용들 모두 방금 고치에서 나온 것처럼 혼란스럽고 놀란 표정을 짓고 있었다. 흥분해 있었지만 매우 헷갈리는 표정이었다.

사실, 루나는 지금껏 벌집날개를 한 마리도 보지 못했다.

"소드테일, 벌집날개들은 다 어디로 갔어?"

루나가 물었다.

"집으로. 벌집 깊은 곳으로. 정신통제가 끊어지자 몇몇은 다시 우리한테 명령을 내리려 했지만, 대부분은 가족을 찾고 다시 자기 몸속에, 자기만의 공간에 있고 싶어 하면서 집으로 돌아갔어. 와스프가 으르렁 강으로 벌집날개들을 데려간 이후로 줄곧 그들을 통제해 왔거든. 와스프도 이렇게 오랫동안 벌집날개들의 정신을 훔친 적은 없었어."

소드테일이 말했다. 소드테일은 망설였다.

"난 지금도 벌집날개들이 최악이라고 생각해. 나한테 결정권이 있다면 벌집날개 병사와 상인과 교사와 우리한테 못되게 굴고 잘난 척했던 용들을 모두 데려다가 1년 동안 말썽꾼의 길에 처넣고 싶어. 하지만 그런 식으로 누군가가 내 머릿속에도 들어왔던 경험을 해 보니…… 그래, 꽤나 끔찍하더라."

소드테일은 하늘에 연하게 흩뿌려진 깃털 구름을 바라보더니 루나를 돌아보며 재빨리 덧붙였다.

"그래도 벌집날개들은 더 나은 용이 되기 위해 **노력할** 수도 있었어. 예를 들어, 와스프 여왕이 사악한 독재자라는 걸 알아차릴 수 있었고, 당연히 비단날개들을 평등한 용으로 생각하고 재수 없게 굴지 않을 수 있었어. 그러니까, 약간은 오락가락하게 되네."

"*내* 뇌가 한 말이야."

루나가 안타깝다는 듯 말했다.

"내 머릿속에서 나온 말이야."

소드테일이 웃었다.

"벌집날개들은 앞으로 어떻게 될까. 전혀 모르겠어. 하지만 지금은 우리가 할 수 있는 일을 하자. 블루를 돌보는 일."

루나는 한쪽 날개로 소드테일의 날개를 쓸며 말했다.

집에 가까워지자 크리켓이 쑥스러운 듯 뒤로 물러났다. 루나는 블루가 그를 사랑하는 벌집날개한테 엄마들에 대해 말할 기회가 있었는지 궁금했다. 크리켓을 보고는 버넷과 실버스팟, 이오가 모두 발끈하며 일어섰다. 하지만 루나가 크리켓의 앞발을 잡아 비단 방으로 데려갔다.

"다들 안녕하세요. 이쪽은 크리켓이에요. 이젠 우리 가족이에요."

루나가 말했다.

그러자 엄마들이 크리켓을 발견한 블루의 표정을 보았고, 루나는 다 괜찮을 거라는 걸 알았다. 루나도 그랬듯 잠깐 시간은 걸리겠지만, 블루가 크리켓을 사랑하고 루나가 크리켓을 믿는 만큼 이들도 곧 그렇게 될 터였다.

루나는 블루를 가장 먼저 끌어안은 게 크리켓의 날개라는 것조차 거슬리지 않았다. 루나의 날개가 크리켓의 날개를 감쌌고 소드테일이 루나의 날개를 감쌌으며 그들은 이제야, 드디어, 결국 함께 안전해졌으니까.

루나는 이제 겨우 세상을 바꾸기 시작했다는 걸 알았다. 아

직 할 일이 많았다. 도움이 필요한 용, 집이 필요한 용, 세상
을 볼 새로운 방법이 필요한 용이 엄청나게 많았다. 그중에서
도 마지막이 가장 힘들 것이다.

하지만 루나 혼자 해야 하는 일은 아니었다. 루나는 세상에
불을 지르고 모두를 구하고 모든 것을 혼자 바로잡을 위대하
고 강력하고 훌륭한 단 하나의 불꽃비단실이 될 필요가 없었
다. 또 가만히 앉아 구조만 기다리는 딱하고 길 잃은 용이 될
필요도 없었다.

루나는 그냥 자기 자신인 채로 블루와 크리켓과 소드테일
과 썬듀와 머나먼 왕국의 모든 용들, 그리고 가능하다면 인
간들과도 앞발에 앞발을 잡고 있는 것으로 충분했다. 각자
가 세상을 더 나은 곳으로 만들기 위해 조금씩만 노력한다
면……

그렇다면 희망이 있을지도 모른다.

그러면 세상이 바뀔지도 모른다.

하늘이 용들로 가득했다.

루나는 여섯 개의 작품을 짰고 일곱 번째 작품을 반쯤 완성했지만, 이토록 많은 색깔과 이토록 많은 형태의 날개가 함께 뛰어들고 날아오르는 모습이 얼마나 숨 막히게 아름다운지 아직 다 담아내지 못했다. 머나먼 왕국에서 손님들이 더 날아올수록 태피스트리는 더욱 복잡해졌다.

"하늘 색깔을 아직 제대로 못 내겠어."

루나는 깃털 구름 한 조각을 화면에 담아 보려고 발톱을 들며 말했다. 얼마 전 비가 그치고 공기가 햇살을 헤치며 나아가는 듯한 광경을 보았다. 가까운 곳은 액체 같은 황금색이었고, 먼 곳은 짙은 회색이 입혀져 있었는데, 그걸 비단으로 표현하는 게 그야말로 불가능에 가까웠다.

"태피스트리에서 움직임을 표현할 방법을 영영 알아내지 못할지도 몰라. 잠자리나 반딧불이도 마찬가지고. 걔들은 멈춰 있을 때랑 움직이고 있을 때가 다른데."

"난 네 작품이 완벽하다고 생각해."

소드테일이 만족스럽게 말했다.

"그리고 저 무지개 좀 **봐**. 저렇게 예쁜 무지개를 내가 태피스트리에 넣어도 아무도 알아채지 못할 거야. 다들 '아, 그래, 루나. 다른 부족 출신의 용들이 서로를 알아 가는 완벽한 장면에는 완벽한 무지개가 분명히 있었을 거야. *아주* 미묘한 은유야. 잘했어.'라고 할걸."

"좀…… 덜 완벽한 장면을 찾아봐. 비단날개 의회 태피스트리는 어때?"

소드테일이 말했다.

"악, 나야 비단날개 의회를 좋아하지만, 세상에."

루나가 말했다.

소드테일은 의회에 선출된 비단날개들을 흉내 내며 자세를 잡았다.

"아, *미안*. 뭐 할 말 있어? 아니, 아니, 부탁이니까 너부터 말해! 잠깐, 혹시 저 용에게 아이디어가 있을까? 아아 이런, 분명 이 용이 말하기 일보 직전이었을 거야! 전부 다 훌륭한 제안인데요, 여러분. 정말 훌륭해요. 언젠가는 결국 그중 일부에 관해 뭔가를 잠재적으로 하게 되겠죠. 점심시간이네요!"

루나가 웃었다.

"사랑스러워. 의회도 차차 방법을 찾아 갈 거야. 정말로 오랫동안 비단날개들은 뭘 맡아 본 적이 없잖아. 와스프는 모나크 여왕님의 자손을 전혀 남겨 두지 않았으니 이 정도면 괜찮은 타협인 것 같아."

"*내* 생각에는 의회에 비단날개가 *200*마리나 있는 건 좀 *지나친* 것 같아. 특히 모포가 그중에 있는 게."

소드테일이 눈알을 굴리며 말했다.

"그 문제는 이오랑 타우가 해결할 거야. 최소한 우린 벌집날개처럼 엉망진창은 아니니까."

와스프는 불꽃비단실 동굴에 자매들과 함께 갇혔다. 이제는 주얼 부인이 명목상 벌집날개의 여왕이 되었지만, 벌집날개 부족 안에서는 불평, 불만, 언짢음을 느끼는 파벌이 엄청나게 많았다.

일부는 벌집이나 와스프가 시킨 짓을 떠올리게 하는 모든 것에서 멀어지고 싶어 했다. 트리하퍼라는 벌집날개는 즉시 타우를 찾아와 절대 곁을 떠나지 않았다. 루나가 시케이다 벌집에서 봤던 검문소 병사 호커도 마찬가지였다. 루나는 놀랍고 크리켓은 즐겁게도, 그들이 섬에서 구출한 벌집날개 이어윅도 벌집날개들로부터 이탈했다. 이어윅은 비단날개 야영지에 나타나, 자신에게 집으로 돌아갈 지도를 남겨준 용들을 찾아다녔다고 한다.

"봤지? 그게 *올바른* 일이었다니까."

크리켓이 의기양양하게 썬듀에게 말했다.

하지만 모든 용이 그렇게 느끼는 건 아니었다. 와스프 여왕이 정신 통제를 포함해 다시 돌아오기를 바라는 벌집날개들도 무시무시할 정도로 많았다. 루나가 가장 이해할 수 없는 일이었다.

다른 용들이―대체로 벨라도나 같은 잎날개들이― 그 문제를 기꺼이 처리하려 해서 다행이었다.

"난 뭐랄까, 우리가 모든 걸 바로잡았다고 생각했어. 우리가 큰 악당을 무찔렀잖아! 슉 하고 다 나아져야지! 안 그래? 근데 왜애애 더 많은 문제와 바로잡아야 할 일들이 남아 있는 건지, 마음에 안 들어."

루나가 소드테일에게 말했다.

"그러게. 게다가 다 *어려운* 문제들이야. 완전히 *복잡하고* 어쩌고. *으웩이다,* 문제들아."

소드테일이 말했다.

"그런 벌집날개들에게 어떻게 가 닿아야 할지 모르겠어. 뭐랄까…… 어떻게 그들이 자기자신을 구하도록 도울 수 있을까? 다른 용들, 특히 자기랑 다르게 생긴 용들한테 신경 쓰는 방법을 가르친다든가? 완전히 불가능하게 느껴져."

루나는 한숨을 쉬었고 소드테일이 날개로 루나의 날개를 쓸었다.

"어떻게 하면 기분이 나아지는지 알아? 나쁜 용 대신 착한 용들을 생각하는 거야. 저 바깥에서 얼마나 많은 용들이 세상을 좋은 곳으로 만들려고 애쓰는지에 집중해 봐. 우리만이 아니야. 아주 많은 용들이 뭔가를 고쳐 보려고 애쓰고 있어. 맞지? 우린 계속 나아가고 계속 노력하고 바꿀 수 있는 걸 계속 바꾸자. 지치거나 슬프거나 휴식이 필요해도 괜찮아. 전부 나 혼자 지고 가는 게 아니니까. 이걸 함께 하는 우리가 아주 많이 있어."

소드테일이 말했다.

루나는 눈을 비비며 소드테일을 올려다보았다. 루나가 조용히 인정했다.

"그래도 가끔은 슬퍼져."

"알아. 그럴 때는 나한테 말해."

소드테일이 루나를 날개로 끌어안으며 말했다.

루나는 고개를 끄덕이고 깊이 숨을 들이쉬었다. 대부분 루나는 괜찮았다. 대부분 루나는 자신의 예술과 자신이 사랑하는 용들에 대해 생각했고, 그러면 슬픔이 나아졌다. 하지만 때로는 그럼에도 슬픔이 루나를 찾아왔다. 벌집날개들에 대해서나 다른 용을 해치는 걸 아무렇지 않게 생각하는 용들이 아직도 많다는 걸 생각할 때 특히 그랬다.

"우리가 프리덤한테 해 준 일을 그 용들에게도 똑같이 해 줄 수 있으면 좋겠어. 그 용들을 우리 기억에 연결해서, 잠시라도 다른 용의 기분을 느끼게 해 주고 싶어. 아니면 우리가 만들려고 하는 것이 우리만이 아니라 모두를 위해 더 나은 세상이라는 걸 보여 준다든지."

루나가 말했다.

소드테일이 루나의 옆구리에 부딪혔다.

"그게 네가 작품을 짜는 이유잖아. 크리켓과 블루가 쓰려는 이야기도 그렇고."

소드테일은 목에 건 주머니에 앞발을 넣어, 루나가 썬듀에게 주려고 가져온 둘둘 말린 직물 작품을 꺼냈다.

루나가 상상한 '잎비단' 왕국 작품 중 하나였다. 광활한 숲이 대륙의 남쪽 절반을 뒤덮고, 비단 그물과 해먹과 나무집이 모두 연결되어 있는 모습. 정글날개의 고향과도 비슷했지만, 작품 속 용들은 절반이 잎사귀 모양 날개를 가진 초록색이었고 공터에는 정원이 있었으며, 비단 태피스트리로 채워진 갤

러리와 진실을 전하는 책으로 가득한 도서관도 있었다.

소드테일이 그 작품을 펼쳐서 풀밭에 놓으며 미소 지었다.

"5분 전에도 봤잖아!"

루나가 웃으며 말했다.

"알아! 이걸 보면 기분이 좋아져. 이런 세상에 살고 싶지 않은 용이 있겠어?"

"아! 저기 온다, 저기 와!"

루나가 소드테일을 붙잡으며 외쳤다.

하늘색과 주황색, 황금색, 검은색 날개들이 하늘에서 내려오고 있었다. 햇빛이 크리켓의 안경에 밝게 반사되었다. 소드테일이 작품을 다시 둘둘 마는 동안 루나는 그들에게 앞발을 흔들었다. 블루가 루나 쪽으로 방향을 틀었다. 크리켓의 어깨 위에서 악솔로틀이 마주 손을 흔들었다.

"우리가 썬듀보다 먼저 왔어?"

크리켓이 외쳤다.

"아니."

썬듀가 윌로를 데리고 루나 옆으로 깡충깡충 뛰어오며 즐거운 듯 말했다. 썬듀는 블루와 크리켓에게 씩 웃어 보였다. 그들 뒤의 용들을 보고 미소가 좀 흔들리긴 했지만, 모두가 어색하게나마 이미 크리켓의 엄마 케이티디드와 아빠 맬러카이트를 만난 뒤였다.

루나는 그들에게 맬러카이트가 와스프 벌집에서 키블리와 쓰나미, 파인애플을 도우려 했다는 애기를 해 주었다. 스캐럽 부인이 맬러카이트를 아낀다는 걸 알고 와스프 여왕이 그를 데려갔다는 이야기도 들려주었다. 맬러카이트는 여러 해 동안 자기 몸을 스스로 다스리지 못했던 벌집날개 중 하나였다. 그와 대사서와 몇몇 벌집날개들이 그랬다. 그들은 거의 잎비단 왕국으로 피난했다.

"이 위에서 보니까 정말 아름답다. 용꼬리 반도 전체에 거대한 용이 초록색 날개를 펼친 것 같아. 벌써 나무가 얼마나 많아졌는지 믿어지지 않아. 겨우 며칠 떠나 있었는데!"

블루가 눈을 빛내며 썬듀에게 말했다.

"썬듀는 그게 잎말의 마법이라고 말할지 모르지만, 진짜 마법사는 썬듀를 잠깐 멈춰서 *실제로 뭔가를 먹이는* 용이야."

윌로가 말했다.

윌로가 썬듀와 꼬리를 감고 범블비를 풀밭에 놓아주었다. 작은 벌집날개가 깡충깡충 뛰어가 크리켓의 다리를 끌어안았다. 범블비의 날개가 행복하게 떨렸다.

악솔로틀이 그 옆으로 미끄러져 내려와 범블비의 머리를 쓰다듬더니 당근을 주었다. 악솔로틀은 계속해서 용의 언어를 공부하려고 한동안 크리켓과 함께 머물렀고, 범블비의 마음 속으로 들어가는 길을 빠르게 찾아냈다.

"난 늘 먹어! 오늘 아침에 파이리아의 묘목을 분류하면서 도⋯⋯ 어⋯⋯ 뭔가 먹었어. 아닌가? 먹은 것 같은데. 묘목들이 아주 시끄러웠어. 질문도 많고. 나무인데 바다를 건너 날아오다니 분명 이상했을 거야. 나무로서 흔한 경험은 아니니까."

썬듀가 말했다.

"그때 그 캐슈너트 한 줌을 말하는 거라면, 그건 먹은 걸로 칠 수 없어."

윌로가 말했다.

"내 캐슈. 스누두 *아주 골치야*."

범블비가 심통을 내며 말했다.

"이게 다 끝나면 큰 파티를 열 거잖아? 나무 심기 파티가 있을 거라고 들었는데!"

소드테일이 끼어들었다.

"아, 그거. 썬듀가 생각하는 나무 심기 파티는 우리가 하루 종일 나무를 심은 다음 그 나무들을 보면서 '잘했다, 우리. 잘 자라아, 나무들아!' 하고 말하는 거야. 그게 다야. 그게 파티의 전부라고."

윌로가 말했다.

소드테일은 말도 못하게 화가 난 표정이었고 범블비도 마찬가지였다. 그러나 범블비는 평소에 그런 표정을 자주 지었기 때문에 파티라는 개념이 범블비를 얼마나 괴롭혔는지 알기 어려웠다.

"안 돼, 안 돼, 안 돼. 나무 심기 파티란 나무를 **한 그루** 심은 다음 먹고 춤추고 드러누워서 좀 더 먹고, *가능하다면* 샤레이드 게임을 하는 거야."

소드테일이 말했다.

"소드테일이 이상할 정도로 샤레이드를 잘하더라고. 새로 알게 된 사실이야. 키블리의 잘못이지. 놀랍지도 않지만."

루나가 말했다.

"샤레이드가 나의 숨겨진 초능력이었어. *내가* 세상을 구할 차례가 올 거여. 기다리라고."

소드테일이 날개에 힘을 주며 말했다.

"누군가 샤레이드로 세상을 구할 수 있다면 그건 너일 거야."

블루가 의리 있게 말했다.

"그래. 네가 뭘 연기하는지 알려 주지 않아서 악당이 *너무 답답해하고*, 샤레이드가 끝내지 않아서 악당이 절대 사악한 계획을 실행할 수 없게 되면."

루나가 말했다.

"하루 종일 나무 심기 혹은 무한 샤레이드 사이 어딘가에서 만족스러운 해결책을 찾을 수 있을 것 같은데."

윌로가 웃으며 말했다.

"가져왔어? 만나 봐도 돼?"

썬듀가 크리켓에게 물었다.

부모님이 들고 온 커다란 바구니 안에 앞발을 집어넣는 크리켓의 날개가 아른거렸다. 크리켓은 뿌리와 흙이 섞인 덩어리를 가만히 들어 올렸다. 아주 작고 완벽한 나무가 자라고 있었다.

"나무다! 책 친구, 나무 친구."

악솔로틀이 기뻐서 말했다.

악솔로틀은 크리켓을, 그다음에는 썬듀를 가리켰다. 범블비가 주둥이로 악솔로틀의 손을 치자 악솔로틀이 웃었다.

"시끄러운 친구."

크리켓이 말했다.

"내가 떠나 있는 동안에도 내 나무가 살아남았다니 믿기지 않아. 학교의 누군가가 내 테라리움에 몰래 물을 줬던 건가 싶어. 친절하지 않아? 이 나무를 다시 보게 돼서 너무 기뻐.

괜찮았으면 좋겠는데. 괜찮은지 알 수 있어? 나무한테 햇볕을 받으며 크고 강하고 자유롭게 자랄 수 있는 곳에 갈 거라고 설명해 주고 싶어."

"내가 알려 줄게."

썬듀가 흙덩이를 가져가며 말했다. 썬듀는 주둥이를 아주 작은 나뭇잎 위에 대고 눈을 감았다.

"이건 무화과나무야. 인사를 하네. 그러니까, 너희도 알겠지만, 나무 방식으로 말이야. 또 크리켓한테 살려 줘서 고맙다고도 계속 말하고 있어. 내가 번역을 한 거긴 해도, 기본적으로 그렇게 말했어. 너 더 커지고 싶니, 작은 나무야?"

썬듀가 잠시 듣다가 고개를 끄덕였다.

"그래. 어디 보자."

썬듀는 아까 루나와 소드테일이 도와서 판 구덩이로 나무를 가져갔다. 뿌리 덩어리를 새끼 용을 다루듯 구덩이 안에 넣었다. 물론, 잠자리에 들 때마다 비명을 지르며 분노의 허리케인이 되는 범블비가 아니라, 더스키처럼 상냥한 새끼 용.

둘이 각자의 집에서 잘 때는 범블비도 그러지 않아. 더스키는 범블비의 사나운 모습을 사랑하고.

루나는 감탄하며 썬듀를 보고 있던 작은 벌집날개를 힐끗 보며 생각했다.

264

그들은 더스키의 엄마를 찾았다. 세상에서 가장 다정한 짙은 파란색 용은 처음으로 자기 새끼 용을 끌어안았을 때 울고 또 울었다. 루나는 더 이상 더스키를 걱정하지 않았다. 더스키는 원하는 만큼 얼마든지 포옹을 받을 수 있었다. 그 이상이 필요하다면 루나가 곁에 있었고.

썬듀가 뿌리를 덮고 발톱을 흙에 묻었다. 잠시 후, 나뭇잎이 떨리다가 태양을 향해 뻗어 가기 시작했다. 나뭇가지가 펼쳐지고 나무둥치는 자라면서 굵어졌다. 크리켓의 부모님과 악솔로틀이 똑같이 헛숨을 들이쉬었고, 크리켓은 기뻐서 두 앞발을 짝 맞잡았다.

머잖아 나무가 머리 위로 높이 치솟았다. 자신이 어마어마하게 자랑스러운 듯했다.

"너무 좋아."

크리켓이 나지막하게 말했다.

"나도! *범보비 2세로* 하쟈!"

범블비가 말했다.

"이 나무를 태피스트리로 만들어도 되겠다. 저 나무가 세상에서 가장 아름다운 범블비야."

썬듀가 루나에게 말했다.

"*뭐라고?*"

범블비가 소리를 질렀다.

썬듀와 윌로가 둘 다 웃음을 터뜨리자 범블비가 그들에게 작은 주먹을 휘둘렀다.

소드테일이 루나의 태피스트리를 다시 꺼내며 행복한 듯 말했다.

"루나의 최신작이야! 난 이게 가장 마음에 들어"

"넌 모든 작품에 그렇게 말하잖아!"

블루가 지적했다.

"언제나 진실이지."

소드테일은 씩 웃었다. 그가 작품을 펼쳤고, 모두가 주위에 모여들었다.

"아니, 와아. 그래, 나도 이게 가장 마음에 들어."

크리켓이 말했다.

"**너도** 모든 작품에 그렇게 말해."

블루가 말하자 그들은 눈을 초롱초롱 빛내며 서로를 쿡 찔렀다.

"크리켓, 난…… 프리덤의 이야기인 초토화에 대해서 태피스트리를 만들어야 할지 고민이야. 끔찍한 진짜 이야기에 관해서 말이야. 정말로 만들고 싶진 않아. 끔찍한 작품이 될 것 같고, 모두를 슬프게 할 것 같아. 내 비단으로 그런 일을 하고 싶지 않고. 그래도 해야겠지? 그래야 진실이 될 테고, 모두가 진실을 알게 될 테니까?"

루나가 천천히 말했다.

"맞아. 하지만 그래서 내가 여기 있는 거야. 그건 내가 할게, 루나. 그건 내 책임이고, 내가 **해야 될** 일 같아. 내가 용들에게 진실을 알리고, 있었던 일을 그대로 우리 책에 역사로 기록할게. 코튼마우스와 초토화에 대해서, 진짜 클리어사이트의 책에 대해서, 지금의 인간들이 어떤지에 관해서."

크리켓이 말했다.

"우리도 도울게."

크리켓의 아빠가 말했다. 그는 크리켓과 똑같은 방식으로 안경을 고쳐 썼다.

"글쓰기는 내가 정신 통제를 당하기 전에 나 자신이었을 때 무척 좋아했던 일이란다. 어렸을 때 나는 매일매일 있었던 일을 글로 썼어. 그 이야기를 모든 이웃에게 들려주겠다는 게 내 계획이었지."

"저도요! 저도 똑같은 계획을 세웠어요!"

크리켓이 눈을 휘둥그렇게 뜨며 말했다.

맬러카이트가 머뭇거리며 크리켓의 머리를 쓰다듬었다. 지금도 '아빠'의 동작들을 연습하고 있는 듯 어색했다.

"유감이지만, 내 부모님이 매우 빠르게 그 계획을 중단시켰지."

"저도요. 그러니까…… 할아버지, 할머니가 그러셨어요."

크리켓이 우울하게 말했다.

"하지만 넌 한동안 나한테 이야기를 써 줬잖아. 난 그 이야기들이 참 좋았어. 학교에서 풀려나서 하루 종일 소리를 지르며 뛰어다닌 공작 이야기는 아주 훌륭했어."

케이티디드가 깨우쳐 주었다.

크리켓은 핏줄이 불꽃비단실로 가득 찬 것처럼 환해졌다.

"지금 하면 돼요. 같이요."

크리켓이 맬러카이트에게 말했다.

그리고 루나를 돌아보며 덧붙였다.

"그 부분은 우리가 할게. 과거 이야기 걱정은 우리한테 맡기고 넌 계속 태피스트리를 만들어. 우리 모두가 바라는 미래에 대한 태피스트리 말이야."

루나는 썬듀가 살펴보던 한 귀퉁이를 건드렸다.

"그럴 가치가 있을까? 절대 실현되지 않을 거창하고 터무니없는 꿈을 꾸는 게? 때로는 좀 더 작고 현실적인 생각을 해야 하지 않을까 싶어."

루나가 물었다.

"아냐! 난 큰 꿈을 품은 세상을 원해."

블루가 루나의 앞발을 잡으며 말했다.

"나도. 그런 세상으로 나아갈 수 있도록 가장 밝은 미래를 보는 용들이 필요해. 우리가 원하는 것보다 오랜 시간이 걸린대도."

썬듀가 찬성했다.

"멍청한 용들이 그런 세상으로 가는 일을 필요 이상으로 힘들게 만든다고 해도."

소드테일이 말했다.

"이야! 어떤 용은 멍청해!"

범블비가 소리쳤다.

크리켓이 움찔하며 뾰족한 눈길로 소드테일을 보며 말했다.

"그런 단어는 쓰지 않기로 했잖아. 기억하지? 우린 친절한 말을 쓰고 서로를 *이해……*."

"어떤 용은 아주 멍청해!"

범블비가 소리쳤다. 머리 위에 떠 있던 용들이 무슨 소리인지 돌아볼 만큼 큰 소리였다.

"제일 멍청해! 머리가 멍청이로 가득해! 하하하!"

"정말 고맙다."

범블비가 소리치며 풀밭으로 깡충깡충 뛰어가 메뚜기들에게 달려들자 크리켓이 소드테일에게 말했다. 소드테일은 아무

것도 모르겠다는 듯 어깨를 으쓱하더니, 웅크리고 다시 태피스트리를 둘둘 말았다. 블루가 웃었다.

우린 정말로 서로를 이해하려고 노력해.

루나는 동생 블루을, 세상에서 가장 다정하고 이해심 많으면서도 필요할 때는 맞서 싸울 줄 아는 용을 보며 생각했다.

우리를 해치려 는 용들을 이해할 방법을 찾으려고 노력한다고 해서, 그들이 온갖 끔찍한 짓을 하게 놔둬야 한다는 뜻은 아니야. 우리는 블루처럼 그 용들과 공감하면서 동시에 썬듀처럼 그 용들을 막을 수 있어.

"혼란의 원숭이 꼬마들은 안 들리겠지만, 루나랑 내가 만든 튀긴 바나나 먹어 볼 용?"

월로가 달려가는 범블비를 보며 말했다.

"바나나나나나아아아아아아아아아아!"

범블비가 최고 속력으로 미끄러지다가 멈춰, 다시 월로에게로 몸을 던졌다.

"이건 자업자득인 것 같네."

새끼 용이 월로의 다리를 훑으며 월로의 목을 두 앞다리로 감싸고 귀에 *'바나나!'*라고 소리치자 월로가 말했다.

"바나나. 멍청?"

악솔로틀이 웃으며 말해 보았다.

"바나나는 괜찮아. 멍청이는 안 돼."

크리켓이 앞발을 내밀며 말했다.

악솔로틀이 아리송한 표정을 지으며 크리켓의 어깨에 기어 올랐다.

"이번 주에 몽유석 가지고 있는 용?"

썬듀가 물었다.

루나가 앞발을 들었다. 그들은 모두 돌아서서 썬듀가 잎말로 키우고 있는 숲으로 들어갔다.

"머나먼 왕국에서 우리 친구들 중 누군가가 잠든 채 인사하고 싶어 할지도 모르잖아."

썬듀가 말했다.

"파인애플이랑 잠부가 곧 오겠다고 했어."

루나가 말했다.

"다음에는 우리가 가자! 그런 다음에는 걔들이 이리로 오고, 그런 다음에는 우리가 가고, 그런 다음에는 사방으로 용들이 왔다 갔다 하는 거야!"

소드테일이 말했다.

"용이랑 인간도."

크리켓이 애정을 담아 악솔로틀의 발을 쿡 찌르며 말했다.

"물론이지. 하지만 이상해. 대부분은 용이야."

소드테일이 말했다.

"용과 인간, 이 시간 이후로는 평화롭게 살아가는 거야."

루나가 고개를 뒤로 젖혀 나뭇잎 사이로 들어오는 햇살을 바라보았다.

"그런 미래가 어떤 모습일지 못 견디게 보고 싶어."

〈불의 날개〉 그래픽 노블 시리즈

그래픽 노블 1
불의 날개와
예언의 시간

우리 꽤
멋진걸!

그래픽 노블 2
불의 날개와
잃어버린
후계자

그래픽 노블 3
불의 날개와
비밀의 왕국

그래픽 노블 4
불의 날개와
어둠의 비밀

그래픽 노블 5
불의 날개와
예언의 밤

불의 날개와 희망의 불꽃(하)

1판 1쇄 인쇄 | 2024. 11. 12.
1판 1쇄 발행 | 2024. 11. 26.

투이 T. 서덜랜드 지음 | 강동혁 옮김 | 정은규 그림

발행처 김영사 | 발행인 박강휘
편집 김지아 | 디자인 고윤이 | 마케팅 이철주 | 홍보 조은우 육소연
등록번호 제 406-2003-036호 | 등록일자 1979. 5. 17.
주소 경기도 파주시 문발로 197(우10881)
전화 마케팅부 031-955-3100 | 편집부 031-955-3113~20 | 팩스 031-955-3111

값은 표지에 있습니다.
ISBN 978-89-349-2868-3